François Weyergans

Je suis écrivain

roman

Gallimard

Le premier roman de François Weyergans, *Le Pitre*, paraît en 1973. Ancien critique aux *Cahiers du cinéma*, l'auteur avait déjà réalisé plusieurs courts-métrages (dont un sur Jérôme Bosch), tourné un film de télévision sur Baudelaire et mis en scène l'opéra de Richard Wagner *Tristan und Isolde*.

Avant de publier un deuxième roman en 1979 *(Berlin mercredi)*, il réalisera trois films dont *Couleur chair* interprété par Dennis Hopper, Bianca Jagger, Veruschka, Laurent Terzieff, Jorge Donn, Anne Wiazemsky.

Ses autres romans sont : *Les Figurants* (1980, dont la version corrigée et augmentée est publiée sous le titre *Françaises, Français* en 1988 dans la collection Folio), *Macaire le Copte* (1981), *Le Radeau de la Méduse* (1983), *La Vie d'un bébé* (1986), *Je suis écrivain* (1989), *Rire et pleurer* (1990).

Ciel très clair, air sec, mouvement presto : pas de Dieu niché dans le fumier ; rien d'infini, rien de voluptueusement saint, rien du cochon de saint Antoine. Raillerie bienveillante ; épicurisme authentique. *(Dans un cahier de Nietzsche à Nice.)*

Chapitre 1

SE MASTIQUER LE MASTODONTE

Quand j'étais en cinquième au collège Saint-Paul, j'ai inventé une expression à partir de deux mots repérés dans le dictionnaire à la fameuse page où nous avions tous cherché en vain le verbe « se masturber ». Cette expression : « se mastiquer le mastodonte », connut un beau succès quand je la fis circuler pendant un cours d'histoire. Mon soi-disant ami Gonzague de Lorges, ô le maladroit, fit passer ma feuille de papier jusqu'au premier rang !

— Monsieur de Lorges, avait dit le prof d'histoire, puis-je vous demander communication du précieux parchemin qui semble requérir toute votre attention ?

Ce fils à papa de de Lorges ! Marquis de Lorges ou baron de Lorges, je ne sais plus. Il avait de la chance, on étudiait à ce moment-là Clovis et les autres rois des Francs. Quand on étudia la Révolution et la Terreur, il y avait longtemps que ses parents avaient été obligés de le mettre dans une boîte à bachot. Quel œuf !

Je fusillai du regard Gonzague de Lorges le Félon qui se dirigeait vers notre professeur pour lui remettre la feuille de papier qu'il aurait dû avaler sur-le-champ, en tout cas la partie écrite.

— Messieurs, déclara le prof d'histoire, un grand penseur se cache parmi vous. Il me tarde de connaître son visage.

Je m'étais levé immédiatement. Dans ces cas-là, on ne regarde rien, on ne sait même plus très bien où on est. Si je n'avais pas bougé, la classe m'aurait couvert mais je voulais montrer au jeune vicomte ou duc de Lorges ce qu'était un comportement noble. J'étais blême.

— Tiens ! Eric Wein ! Puis-je vous demander de bien vouloir indiquer à vos condisciples le titre de votre morceau ? Je demande à toute la classe de garder le plus respectueux silence. Alors ?... Ce titre !...

— Euh... Je...

— Allons ! A haute et intelligible voix, je vous prie ! Nous attendons...

Mon cœur battait à tout rompre. Et si j'étais foudroyé par une crise cardiaque ? On me conduirait à l'infirmerie. « Victime d'un professeur sadique et morphinomane, un des plus brillants élèves de sa génération est en danger de mort. » Je serais sauvé de justesse, il y aurait une enquête, mes parents feraient un procès, le professeur d'histoire serait renvoyé, mais renvoie-t-on les prêtres ? A peine guéri, je le retrouverais et il me ferait redoubler. Pourtant, j'avais de bonnes notes en histoire. Je répondis en articulant de mon mieux :

— Se mastiquer le mastodonte.

— Notre petit Einstein aura-t-il l'obligeance de nous expliquer cette formule ésotérique ?

Dans la classe, ils s'étaient montrés assez gentils. Personne n'avait ri. J'avais repris courage. Le professeur n'avait pas l'air d'avoir compris à quoi mon texte faisait allusion. Les professeurs ne sont pas aussi intelligents qu'on est porté à le croire.

— Se mastiquer le mastodonte, c'est... euh... une coutume des hommes préhistoriques. Je viens justement de lire un livre à ce sujet, et quand l'homme préhistorique capturait un de ces grands mastodontes, vous savez... Les dinosaures... C'était de la viande dure à mastiquer.

— Si je comprends bien, quand je lis sous votre plume : « Plût au ciel que vous vous fussiez mastiqué le mastodonte », ce sont en quelque sorte des regrets que vous exprimez en pensant aux hommes des cavernes qui sont morts de faim ?

— Oui, mon Père, c'est à des choses comme ça que je pensais.

Ouf, il mordait à l'hameçon. J'allais bientôt pouvoir me rasseoir, quitte pour la peur.

13

— Admettons. Plus loin, je trouve : « Que nous nous mastiquassions le mastodonte. » Un chœur d'hommes préhistoriques, je suppose ? Par parenthèse, je vous félicite pour l'intérêt que vous témoignez à l'art de la conjugaison.

— Oui, mon Père.

— Poursuivons. Et quand vous écrivez : « Je me suis mastiqué le mastodonte » ? Allez-vous me faire croire que vous vous prenez pour un homme de Cro-Magnon ?

Quelqu'un avait ri, imité par d'autres.

— Ne riez pas, mes amis. C'est une chose grave. C'est une chose très grave. Votre camarade Eric Wein ne vient pas seulement de me tenir tête, ce qui se réglera par des heures de colle, mais il a aussi offensé Dieu. Eric est en état de péché mortel et je le somme de quitter immédiatement cette salle, de nous délivrer de sa présence délétère et de se rendre tout droit à la chapelle où il priera en attendant que je le rejoigne et lui donne la pénitence qu'il mérite, après l'avoir entendu en confession.

J'étais abasourdi. En état de péché mortel ? J'aurais mis au défi les directeurs de toutes les écoles d'Europe de me présenter un petit garçon plus religieux que moi. J'avais été premier en religion à Pâques, au moment où ma mère avait voulu passer son permis de conduire. Nous avions étudié ensemble, elle son code de la route, moi mon catéchisme. Je m'endormais la tête farcie de feux rouges et de virages dangereux. Ma mère devait répondre Vrai ou Faux à mes questions :

— Ecoute, Maman, concentre-toi bien. Dois-tu utiliser les feux de croisement, aussi bien le jour que la nuit, 1) quand il pleut, 2) quand il y a des chutes de neige, 3) quand tu aperçois le Saint-Esprit au milieu de la route ?

Elle avait eu son code mais elle avait échoué à l'examen de conduite. Moi j'avais été reçu premier au concours de religion, avec vingt sur vingt, et mes parents m'avaient offert un missel relié en cuir avec les tranches dorées.

Et c'était ce garçon-là, ce fils exemplaire, ce modèle d'amour filial, premier en religion (et aussi en géographie), propriétaire d'un missel dernier cri (fleuron de l'édition catholique française), toujours bien coiffé et allant depuis peu en classe avec une paire de souliers *en daim* offerts par son parrain (toujours ce premier prix de religion !), c'était ce garçon-là qui avait été expulsé de la classe sous prétexte qu'il incitait ses camarades à se mastiquer le mastodonte. Le fruit pourri qui, à lui seul, contamine toute une récolte de fruits sains, c'était moi.

En quittant la classe, je n'étais pas allé à la chapelle. A la maison, je n'avais rien raconté à mes parents. Ils reçurent le lendemain une lettre cosignée par trois de mes professeurs, et accompagnée de ma page sacrilège, une belle pièce

15

autographe de format in-octavo que mon père fit disparaître dans les cabinets. Ma mère, qui souffrait de me voir en faute, s'était réfugiée dans la cuisine.

Depuis lors, rien de ce que j'ai pu écrire et publier n'a suscité autant de passion. Quant au professeur, j'avais dû le suivre au confessionnal. Je m'accusai d'avoir été insolent en classe, d'avoir menti, d'avoir été orgueilleux, d'avoir manqué de respect à mes parents et à mes maîtres.

Mes parents, mes professeurs et Dieu lui-même étaient prêts à oublier, — mais moi? Pour eux, oublier fait partie de leurs fonctions. Ils sont fiers d'oublier et de pardonner. Ils se rengorgent quand ils pardonnent. Mais moi? Les matins qui suivirent, en mangeant mes tartines beurrées, j'espérais de toutes mes forces que la radio annoncerait qu'un professeur d'histoire s'était donné la mort :

« Ayant humilié sans raison valable, et devant toute la classe, son meilleur élève, le Père ***, professeur d'histoire, s'est tiré hier après-midi deux balles dans la tête. Après de longues et angoissantes recherches dans toute l'école, on a fini par découvrir le cadavre dans un confessionnal. Le malheureux ecclésiastique avait laissé en évidence sur sa table de nuit un mystérieux message : *Plût au ciel que je me fusse mastiqué le mastodonte.* Les

16

enquêteurs pensent qu'il s'agit d'une citation de Victor Hugo. »

J'aurais alors pardonné et j'aurais été content de le faire. Au bout de quelques semaines, plus personne ne parla de cette histoire. Parfois, dans la cour de récréation, un élève que je ne connaissais pas me disait : « Alors, mastodonte, ça boume ? »

Je tirai quand même un certain bénéfice de cette déplorable aventure. Mes talents d'auteur avaient été reconnus : mes camarades ne s'y étaient pas trompés, et je fournissais à la demande, pour les vœux de Noël et de Nouvel An, toute une série de phrases destinées aux grands-parents, aux oncles et aux tantes, contre quatre billes d'agate. Les vœux pour les professeurs se payaient un calot. J'étais devenu une sorte d'écrivain public.

L'année suivante, quand on étudia l'Afrique et que j'entendis parler des explorations de Livingstone, je commençai immédiatement à écrire un roman dont la trame me fut fournie par « Comment j'ai retrouvé Livingstone », le livre de Stanley paru dans la Bibliothèque Rose dont je possédais un exemplaire curieusement relié en brun. Le manuscrit de ce roman fut perdu par mon meilleur ami à qui je l'avais prêté pour qu'il le lise pendant les vacances. L'action se passait à Zanzibar.

J'avais commencé un autre roman, beaucoup

plus psychologique, mais mon ambition secrète était de devenir pape.

J'avais écrit au pape de l'époque, Pie XII. Il ne m'a jamais répondu. Ce silence m'est resté sur l'estomac.

Ensuite, je voulus devenir alpiniste. On venait de vaincre le mont Everest. J'écrivis à Sir John Hunt, le chef de l'expédition anobli par la Reine d'Angleterre, et à Hillary et au sherpa Tensing. J'envoyai mes lettres aux bons soins de leurs ambassades et ils me répondirent tous les trois des lettres tapées à la machine, avec leurs photos dédicacées qui ornèrent un mur de ma chambre. Jusqu'à quinze ans, je ne cessai d'écrire des lettres à des célébrités. A part Pie XII, le seul qui ne m'ait pas répondu est le champion cycliste Fausto Coppi. Ces Italiens !

Je ne fus pas peu fier de la réponse de Georges Duhamel, un écrivain que mes parents admiraient. Il me confiait, sur papier à en-tête de l'Académie française, qu'il était père de trois fils et déjà huit fois grand-père, qu'il avait connu deux guerres, et il joignait une photo dédicacée, lui aussi.

En même temps, j'entretenais une correspondance suivie avec ma grand-mère maternelle. Elle vivait dans les Pyrénées et on ne la voyait qu'au mois d'août. Il fallait lui écrire. Je m'étais dévoué. Je laissais toujours de la place à la fin des lettres pour que les autres puissent signer.

N'ayant aucune idée de ce qui pouvait intéresser une grand-mère, je lui racontais tout ce qui m'intéressait moi. Quand je ne savais plus quoi dire, je disais n'importe quoi, des détails insignifiants et que je n'aurais jamais songé à relever si je n'avais pas mis mon point d'honneur à envoyer des lettres un peu longues. Mes lettres plurent. Ma grand-mère en réclama d'autres. J'avais trouvé une lectrice.

Je crois qu'il m'arriva de copier à l'occasion dans les Lettres choisies de Mme de Sévigné, en prenant soin de mettre les participes passés au masculin, ce qui me fit faire des progrès en grammaire.

Parfois, j'allais réveiller ma sœur aînée pour lui réciter des textes de mon cru. J'étais assez satisfait d'un résumé de la *Phèdre* de Racine. J'ouvrais la porte de sa chambre, la lampe du couloir m'éclairait et je déclamais : « Phèdre est belle et séduisante. » Elle répondait : « Laisse-moi dormir, va te coucher. »

Mon parrain, qui était l'ami du directeur d'un hebdomadaire catholique publié à Lyon, m'obtint une chronique : je fus chargé de faire la critique des livres pour enfants. J'avais treize ans, et quand les livres m'ennuyaient, je signalais qu'il fallait en réserver la lecture aux « grands adolescents ». Ma collaboration cessa au bout de cinq semaines parce que je n'envoyais pas mes textes à temps.

J'imitais les signatures d'écrivains que je voyais reproduites dans *Les Nouvelles littéraires* qu'on recevait à la maison. C'est ainsi que Paul Claudel n'aura jamais su qu'il m'avait dédicacé un exemplaire du *Soulier de Satin* soustrait par mes soins à la bibliothèque de mes parents : « A mon jeune ami Eric Wein, ce livre qu'il comprendra plus tard, en toute affection, son très dévoué P. Claudel. »

Pendant des années, j'ai connu par cœur la liste de tous les prix Nobel de littérature, dans l'ordre chronologique. En juin, j'apprenais aussi par cœur la composition des équipes du Tour de France. Etre coureur cycliste m'aurait plu, mais je n'aurais pas supporté les étapes en terrain plat. Il n'y avait que les échappées solitaires dans la montagne qui m'enthousiasmaient. Quand Charly Gaul gagna une étape de montagne avec un quart d'heure d'avance, je demandai à mes parents de pouvoir mettre sa photo sur la cheminée de la salle à manger. C'était un archange revenu parmi nous.

Chapitre 2

L'AMI DES MUSES

Ces prêtres qui m'ont appris tant de choses mais qui me terrorisaient ou me bernaient à qui mieux mieux, sont tous morts à présent, je suppose. Sans doute, Seigneur, leur as-Tu pardonné car ils ne savaient pas ce qu'ils faisaient. Les évêques qui montent en chaire à la télévision se gardent bien de parler de l'Eglise pécheresse. Je le dirai à leur place : l'Eglise catholique admet que la conduite fautive de ses représentants lui fait parfois trahir sa vocation.

J'ai cru dur comme fer au dogme de l'Assomption. Des anges étaient venus enlever la Sainte Vierge pour la conduire directement au ciel, lui épargnant les affres de la mort, comme ces stars que des limousines attendent en bas de l'avion et qu'on dispense de se présenter à la douane. Une nuit, je m'étais réveillé en sursaut : « Nom d'un chien ! Maman ! » Les anges viennent peut-être enlever toutes les mères, surtout celles qui ont un visage de madone ? Je tremblais comme une feuille. Il y a des moments où on a tellement peur qu'on est capable de faire pipi au lit. Si ma mère était déjà au ciel, je n'allais pas, en plus, mouiller mon matelas comme un bébé. Dans le noir, je n'avais pas réussi à trouver mes pantoufles et j'avais froid. J'étais debout au milieu de ma chambre et je me forçais à respirer le moins fort possible pour mieux écouter les bruits. J'avais très peur. Et si on venait me bâillonner ou m'étrangler ? Je n'osais pas aller vérifier dans la chambre de mes parents. Les anges auront-ils chloroformé mon père ? Si ma mère n'est plus là, je jure de mieux m'appliquer en classe pour qu'elle soit fière de moi dans le ciel. J'avais fini par me cacher sous mes couvertures. Au matin, la voix de ma mère m'avait réveillé : « Mais ce n'est pas une façon de dormir ! Tu vas finir par t'étouffer ! » Oh Maman chérie ! Je serai toujours le plus gentil des petits garçons !

Il y avait justement cours de religion ce jour-là. Le professeur était un bon gros prêtre qui avait une verrue sur la joue. Il nous obligeait à nous tenir droits. Pas de laisser-aller quand on évoque le Sauveur ! Comme je bâillais sans arrêt, il m'avait puni, moi que les anges avaient failli rendre orphelin ! En tout cas, quand on a cru au dogme de l'Assomption, les histoires de spoutnik et de navettes spatiales ne font plus aucun effet. Ce même prêtre m'avait déjà insulté en m'envoyant des postillons à travers la grille du confessionnal. Il avait crié si fort que tout le monde dans l'église avait entendu : « Ton corps est la maison de Dieu et tu l'as profané ! Répugnant petit personnage ! Comment as-tu osé t'approcher de la Sainte Table en état de péché mortel ? »

Avais-je déjà commencé à me masturber à cet âge-là ? Avais-je déjà rencontré Michelle ? Michelle habitait dans mon quartier et je la voyais surtout à la messe du dimanche. C'était une fille que je trouvais très gracieuse et qui me souriait quand nous arrivions ensemble à l'église. Je pensais beaucoup trop à elle pendant la semaine. Quand j'étais allé confesser mes mauvaises pensées, le prêtre m'avait recommandé d'écrire des poèmes, au lieu de me replier sur moi-même : « Ecris de beaux poèmes. Ne ménage pas ta peine. Tes rêveries sont stériles. » A la fin du mois, j'avais rempli tout un cahier de sonnets et d'élégies et j'étais moins souvent en état de péché mortel. On a comparé l'acte d'écrire et la masturbation, peut-être à cause des porte-plume à réservoir ? J'aurais plutôt comparé la vie du poète à un chemin de croix, — un chemin de croix permanent. Jésus, lui, n'a souffert que le Vendredi Saint après-midi.

— Vous ne pourriez pas nous proposer une conception moins blasphématoire de votre métier ?

— Mais qui êtes-vous ?

— Le Père Joseph, ton ancien professeur de latin. Malheureux, tu te plais à expédier tes professeurs dans l'autre monde, mais je suis encore vivant. Te souviens-tu de moi ?

— Ah oui ! Vous aviez souvent le hoquet et tout le monde vous appelait le Père Hoquet. *Dominus vobiscum !* Comment allez-vous, ami des Muses, *Musis amicus ?*

— *Pulchre est mihi.* C'est toi qui m'inquiètes, mon garçon. Tu ne crois plus au pouvoir de la prière, tu ne crois plus à la chair du Verbe éternel de Dieu. Pourquoi fais-tu semblant de ne pas savoir que le Verbe de Dieu s'est fait chair ?

— Eh bien, ça m'a précisément coûté assez cher comme ça !

— Dieu s'est incarné pour le salut de ton âme et, s'étant incarné, il n'est pas insensible aux problèmes terrestres auxquels tu te heurtes. Il sait de quoi il s'agit. Lui-même est mort sur la croix. Il te comprend. Si tu as des problèmes avec ton éditeur...

— Dieu nage dans le best-seller depuis des siècles. Ses problèmes ne sont pas les miens. Je passe des journées entières à peiner sur le même paragraphe. Vous croyez que Dieu aurait l'idée de m'envoyer son Saint-Esprit ? Des clous ! Un simple mortel comme Hemingway écrivait à son ami Scott Fitzgerald : *Go on and write.* C'était de l'encouragement, ça : « Vas-y, écris ! » Dieu pourrait me faire signe de temps en temps. Pardonnez-moi de parler d'écrivains américains à un professeur de latin, mais je suis sûr que vous trouveriez dans l'Art poétique d'Horace...

— Ah! *De Arte poetica liber!* Tu te souviens de mes cours? Quand je vous faisais apprendre par cœur *Amphora coepit institui...* Horace déjà posait la question que je te poserai maintenant de la part de Notre-Seigneur : « J'attends une amphore et pourquoi m'offres-tu une tasse? » *Cur urceus exit?*

— Pourquoi voudriez-vous qu'une tasse soit moins intéressante qu'une amphore?

— Que fais-tu des talents que le Seigneur t'a confiés? Je ne vois pas que tu les fasses fructifier. N'oublie pas qu'au jour du Jugement il te faudra rendre compte de tes actions.

— Mais j'essaie déjà d'en rendre compte dans les livres que j'écris.

— Parlons-en! J'ai essayé de les lire, tes romans. L'influence charismatique de Dieu leur fait tristement défaut. Tu as quand même été des nôtres! Tu sais que la charité chrétienne, c'est autre chose que des jeux de mots.

— Jésus avait le sens de l'humour. Pourquoi ne parle-t-on jamais de l'humour de Jésus? Ses rapports avec ses disciples sont désopilants.

— Dieu ait pitié de toi, mon petit Eric. Je voudrais tant te voir lire les Evangiles avec l'esprit de sérieux que je tâchai jadis de t'inculquer. Les Evangiles ! Puisses-tu ne t'abreuver qu'à cette source.

— Mon Père, l'éloge de la littérature latine vous inspire davantage que celui des Evangiles. Vos yeux viennent de briller à l'évocation d'Horace dont vous nous aviez fait traduire quelques odes plutôt audacieuses, moins pour l'époque où elles furent écrites que pour celle où je fus votre élève ! Ne venez pas me remettre le grappin dessus avec vos Evangiles qui ne sont que des rapiéçages d'anecdotes, des textes arrangés après coup et imités des histoires rabbiniques. J'enrage quand je pense à tout ce qu'on m'a fait avaler comme couleuvres. Vous m'avez mené en bateau. Pourquoi ai-je dû découvrir tout seul, en fouillant dans des livres de théologiens allemands, que les évangélistes Jean ou Matthieu n'ont pas connu le Christ de son vivant ? Que c'est après sa mort qu'on a fait de Jésus un Messie ? Je suis content de pouvoir vous en parler. Dans mon milieu, ça n'intéresse personne. J'avais proposé à mon éditeur de lui donner un récit que j'aurais intitulé « Une explication avec la Sainte-Trinité », si vous aviez vu sa tête !

— Au lieu de critiquer ton éditeur, tu devrais prier pour lui. Tes prières suppliantes pour ton prochain te feront accéder à la patience et à l'amour.

— N'essayez pas de changer de sujet. Nous

parlions du Nouveau Testament. Entre nous, les épîtres de saint Paul, vous trouvez que c'est si formidable ? Il parle de la grâce mais sa prose n'en a aucune.

— Et tu crois que la tienne en a, peut-être ?

— L'autre jour, j'ai rencontré un Japonais qui vit en France depuis plusieurs années et qui m'a dit : « Je me suis mis à lire la Bible. C'est bizarre, comme bouquin. » Pour lui, c'était un livre parmi d'autres. Qu'il puisse dire sans problème « bouquin » en parlant de la Bible, quelle chance il a ! Mais dites-moi, mon Père, vous ne trouvez pas que Horace, c'est mieux écrit que saint Paul ?

— Garde-toi de confondre la parole de Dieu et celle des hommes. Un abîme sépare le saint du poète. Mais revenons à ton camarade japonais. Est-il bouddhiste ? Shintoïste ? Converti, peut-être ? Nos missionnaires ont fait du bon boulot là-bas. De très beaux martyres... Dans sa découverte de la Bible, ton ami lira un jour l'Apocalypse. Il sera secoué. Les Japonais sont aujourd'hui les plus aptes à comprendre l'Apocalypse. Je reconnais qu'avec deux bombes atomiques, la Providence n'y est pas allée de main morte. Lui as-tu parlé de la volonté salvifique universelle de ton Dieu ? Lui as-tu dit que le christianisme supprime radicalement la légitimité des autres religions ?

— Vous en êtes encore là ? J'aurais cru... Mon Père...

27

Pffuit ! Envolé ! Disparition du Père Hoquet !
Bah, ce n'était qu'une réminiscence, un de ces
souvenirs mal digérés qui foisonnent dans mon
cerveau. On ne dira jamais assez que le cerveau
est un estomac. Parfois, on régurgite. Quand elles
sont violentes, les réminiscences deviennent des
hallucinations. Pourquoi ce prêtre est-il venu me
relancer ? J'aurais dû lui envoyer mon poing dans
la figure, mais comment mettre k.o. une hallucina-
tion ? Dès que je pense à l'Eglise catholique et
à ses représentants officiels, je suis plein de haine
et de hargne. C'est plus fort que moi.

Il vaudrait mieux que je change de sujet. Je n'ai
pas envie de m'esquinter le système nerveux
central. Les prêtres ont failli avoir ma peau. Ils
m'ont marqué à vie. Il a fallu que ça tombe sur
moi, un jeune homme beaucoup trop impression-
nable. J'ai vraiment cru que Dieu s'était fait
homme et avait souffert pour me sauver. J'ai cru
que Jésus avait multiplié les pains et changé
l'eau en vin. C'est dommage de ne plus croire aux
choses auxquelles on a cru.

— Est-ce que ça t'étoufferait de parler en
d'autres termes de Notre-Seigneur Jésus-Christ ?

Ma parole ! Le Père Hoquet a de nouveau quitté
son perchoir ! J'ai encore dû exagérer sans m'en
rendre compte. Vais-je lui dire : *Vade retro, Jac-
quot* ? Non. Il faut toujours écouter les gens qui
estiment avoir quelque chose à vous dire. Il doit
trouver que je m'éloigne de mon sujet. Il souhaite

que j'écrive un roman à la gloire de Dieu et non un pamphlet contre les saints auteurs du Nouveau Testament. Pourquoi les digressions sont-elles si mal vues ? Pourquoi les auteurs se croient-ils obligés de demander pardon chaque fois qu'ils en hasardent une ? Consultés au mot « digression », les dictionnaires, qui ont l'habitude de voler au secours des maîtres d'école, font allusion à un manque de suite dans les idées. Traiter le sujet ! Ne pas s'écarter du sujet ! Faire des digressions, c'est plutôt refuser toute hiérarchie entre les événements qu'on raconte. On comprend que les serviteurs de la hiérarchie se soient ligués contre les digressions qui remettent en cause n'importe quel pouvoir. Que se passe-t-il dans les écoles ? Les élèves sont priés de tenir leurs idées en laisse. On leur recommande même de se présenter sans idées. On leur en donnera. Ils en auront plein leur cartable. Quand il y avait des dissertations à faire, des compositions, des rédactions, je ne comprenais pas pourquoi les professeurs nous imposaient le sujet. C'est très simple. Avec des sujets imposés, la chasse à la digression leur est plus facile :

TU NE DIGRESSERAS PAS.

J'ai un jour dit à un professeur de français que certains livres dits classiques manquaient de digressions. La digression, ai-je ajouté, est une figure de la liberté et elle est apparue grâce au

29

travail des romanciers. Le roman picaresque ? Diderot ? Le merveilleux Heinrich Heine ? J'étais prêt à me lancer dans un brillant parallèle entre l'apparition de la digression dans la prose européenne et les premiers voyages des grands explorateurs. La digression est liée au voyage et à la découverte du monde, donc à la découverte qu'il y a d'autres religions. Faire des digressions, c'est signaler qu'on ne supporte pas qu'il y ait un seul Dieu, affirmation qu'il s'agirait d'étayer, j'en conviens, mon cher Père Hoquet, car *quod gratis affirmatur, gratis negatur*, n'est-il pas vrai ? Il faut avoir le sens de la digression pour bien voyager, mais là aussi, la digression est impitoyablement traquée. L'industrie du tourisme lui barre la route. Et si je ne m'abuse, vous-même, cher Père Hoquet, vous travaillez dans une agence qui propose des voyages dans l'au-delà ?

— Si au moins tu étais un vrai athée, si tu te sentais capable d'affirmer qu'il n'y a rien qui ressemble de près ou de loin à un Dieu, si tu niais toute religion...

— Eh bien ?

— Tes refus feraient presque de toi un croyant. L'horizon absolu de ta pensée te rapprocherait alors de l'absolu de la foi. L'athée et le croyant sont les deux faces de la même médaille. Si une telle médaille était dans ta main, je te dirais de la jouer à pile ou face. Le Seigneur interviendrait pour qu'elle retombe du bon côté. Auras-tu jamais cette audace ? Tu n'es pas prêt, tu n'es même pas un athée. *O calamitas maxima !* Tu entretiens avec ta sainte mère l'Eglise des rapports larvés, des rapports d'un louche... Tu flirtes avec la religion...

— Mais je suis amoureux de la religion ! Je l'aime et je la déteste ! Vous savez bien qu'aujourd'hui plus personne ne s'attarde à faire la différence entre la haine et l'amour.

— Tu es encore plus atteint que je ne croyais !

— Un moment de délire de temps en temps, ça soulage. C'est vrai que je suis atteint. Que voulez-vous, on ne trouve pas impunément la religion dans son berceau. C'est même le seul de mes jouets qui ait survécu. Je n'ai gardé aucun souvenir de mon baptême, mais ça a dû être un grand moment. Votre Eglise ne tolère pas que la conception et la naissance des enfants lui échappent. Votre grande idée, c'est la résurrection de la chair. A ce moment-là, vous pourrez enfin respirer. Les êtres humains seront au grand complet. Plus question de procréer. Tous les corps ressuscités resteront tranquilles. En attendant, vous avez inventé le baptême, qui est une nouvelle naissance. Tous les cierges allumés, ma petite tête aspergée d'eau bénite, ce devait être touchant. Est-il vrai que l'Eglise catholique défend de baptiser les nouveau-nés si leur future éducation chrétienne n'est pas garantie par la famille ?

— En effet. On ne baptise pas non plus de gaieté de cœur les enfants des apostats, sache-le.

— Je sais, je sais. Je l'ai appris quand j'étais enfant de chœur.

— Tu servais très bien la messe. Tu arrivais toujours en retard à la sacristie, mais tu servais très bien la messe, il faut dire ce qui est. C'était un plaisir de te donner la communion. Tu avais un visage si confiant. Qui aurait pu deviner que tu te détournerais de Dieu ? Si tu le souhaites, je suis prêt à t'entendre en confession.

— Mais vous n'avez rien compris !

— Tes mœurs déliquescentes, ton premier roman si répugnant, *Machin Chose*, dans lequel je lis, — je n'invente rien : « Un prêtre pourrait-il changer son propre sperme en sperme du Christ ? »

— Je devais être bien malade, j'en conviens. Mais vous n'avez pas senti dans ce livre comme un début de repentir ? Une certaine crainte de Dieu ?

— Ta prétendue crainte de Dieu est ce que nous, théologiens, appelons de la crainte servilement servile. Tu es un dégonflé, un froussard. Je les connais, ceux qui ont peur de Dieu quand ils ont peur de mourir, sauf que Dieu, mon cher ami, n'est pas quelqu'un à qui il suffit de présenter de plates excuses comme à un vieillard qu'on a bousculé dans l'autobus. Je suis sûr que tu redeviens chrétien dès que tu montes dans un avion. Quelques turbulences, un bruit anormal dans les réacteurs, et tu récites un bon « Je vous salue Marie » ! Ce n'est pas vrai, petit péteux ? Il ne t'est jamais venu à l'idée que c'est la Providence qui secoue les avions ? Et dès que tu te sens rassuré, te revoilà fornicateur et scientiste comme devant. Infâme saligaud !

Il paraissait ivre de rage. C'est alors que je me suis réveillé. J'avais le front moite. Je m'étais endormi sur ma machine à écrire, le menton enfoncé dans les touches. J'avais le bras trop ankylosé pour regarder ma montre. Il devait être quatre heures du matin, et les cris d'une dispute qui venait d'éclater dans la rue avaient mis fin à cette intéressante joute théologique qui menaçait de dégénérer. Je me suis réveillé à temps. On m'a souvent dit que j'étais un intuitif.

Pour une fois, j'étais content que trois ivrognes aient eu la bonne idée de hurler sous ma fenêtre.

Il fera bientôt jour. Les gens du quartier vont se réveiller et recommencer à faire du bruit. A peine sortis de leurs lits, ils attaquent, ils s'emparent de leurs marteaux, de leurs scies, de leurs perceuses. Ils ouvrent leurs fenêtres mais au lieu d'arroser des fleurs ils installent leur poste de radio sur l'appui de la fenêtre afin que toute la rue puisse profiter des émissions qu'ils aiment. Ils dévalent quatre à quatre les escaliers avec leurs lourdes chaussures cloutées et, encore à jeun, ils vont faire tourner les moteurs de leurs voitures. Ils vérifient si le klaxon fonctionne bien, claquent les portières et remontent faire tomber des casseroles dans leurs cuisines.

Rien que dans ma rue, chaque jour un nouveau locataire abat des cloisons, rabote des chambranles et change la tuyauterie. Juste au-dessus de ma tête, quatre délicieux bambins jouent du xylophone sur les radiateurs avec des fourchettes. J'ai voulu travailler dans des bistrots. Chaque fois que je commence à avoir une idée, un consommateur met en marche le juke-box. Dans les squares et les parcs du quartier, on dénombre plus de transistors que d'arbustes.

Comme animaux domestiques, mes voisins pourraient acheter des tortues, des cochons d'Inde, des marmottes. Non! Ils achètent des chiens! Des chiens qui restent enfermés toute la journée et qui aboient du matin au soir. Dans mon immeuble, il y a un bull-terrier, trois bassets et un loulou de Poméranie. Huit heures par jour, le loulou se prend pour la Callas. Quelqu'un commet-il la bévue d'éternuer? Aussitôt, tout l'immeuble a droit aux grands airs de *Madame Butterfly*. Si je laisse la fenêtre de mon couloir ouverte et que je commence à taper à la machine, ce petit loulou croit que je l'accompagne au piano et me sert toutes les héroïnes des opéras de Verdi.

Au Japon, les shintoïstes ont donné des concerts de silence! Et chez les bouddhistes, ceux qui ont été trop bruyants pendant leur vie se réincarneront en cerfs et en daims, des animaux que le bruit effraie.

Je m'étais dit que j'écrirais cinq ou six pages cette nuit, et je suis loin du compte. Hier soir en m'installant à ma table, j'avais l'impression d'être en forme. Je voulais corriger le trop long chapitre écrit le mois dernier sur la cérémonie du thé au Japon. J'y racontais en long et en large la visite d'une sorte de condottiere japonais à un des plus grands maîtres de thé. Les moines bouddhistes boivent du thé pour ne pas s'endormir quand ils méditent. C'est vrai que le thé vert aide à se concentrer. J'en bois souvent. J'aime, chez les moines japonais, qu'ils fassent aussi l'éloge de ceux qui s'endorment au beau milieu d'une séance de méditation. La cérémonie du thé est si subtile que les maîtres en sont arrivés à la définir le plus simplement possible : « La voie du thé, c'est faire chauffer de l'eau, remuer le thé et le boire comme il convient, il n'y a rien d'autre. » Si on pouvait dire la même chose de la littérature ! Écrire, ce serait préparer du papier, construire des phrases, les lier comme il convient, il n'y aurait rien d'autre. « Mais si c'est aussi simple, dit le débutant... — Montrez-moi comment en arriver là, répond le maître, et je deviens aussitôt votre disciple. »

Mon chapitre raconte la visite faite par Hideyoshi, celui qu'on appelle le Napoléon du

Japon, au maître de thé Sen Rikyu, fils d'une riche famille de Sakaï, la ville que les premiers Occidentaux arrivés au Japon ont comparée à Venise.

Ma description de la cérémonie du thé est bien brumeuse ! A trop vouloir faire comprendre que les Japonais aiment la contemplation des petites choses, mon texte devient le contraire de ce que je veux. Il faudrait le rendre plus rapide et plus dépouillé. Un homme tout-puissant comme Hideyoshi abandonne ses armes et ne porte qu'un vêtement simple et terne pour se présenter devant le pavillon de thé comme un passant anonyme qui n'est pas sûr de l'accueil qu'on va lui réserver. Il fera quelques compliments sur la forme de la théière et avalera trois gorgées d'un breuvage vert mousse. Quand je décris la clôture du jardin : « *faite de tiges de bambou et de scions d'osier que maintenaient ensemble des cordes enduites de poix* », est-ce Hideyoshi qui contemple cette clôture, ou est-ce moi qui me perds dans une pseudo-précision superflue ?

Plus loin, on s'embrouille avec les changements de noms successifs de Rikyu. Peut-être faut-il simplement dire que les Japonais changeaient souvent de nom ? Rikyu s'appelait d'abord Soeki. Je ne sais même pas si ces deux noms ont un sens précis en japonais. Au Palais impérial de Kyoto, le maître de thé Soeki ne fut pas jugé assez noble pour se trouver dans la même pièce que l'Empereur. Afin que la cérémonie du thé puisse avoir lieu, l'Empereur daigna accorder à Soeki le nom plus honorable de Rikyu. En fait, ce fut beaucoup plus compliqué, et ce n'est même pas cette cérémonie-là que je veux décrire ! Je ne m'en sortirai jamais !

Je reviens à Hideyoshi. Il est seul avec Rikyu :

« *Hideyoshi se prosterna devant les fleurs réunies dans un vase en céramique. Il aimait que les règles de la cérémonie du thé rendent obligatoire d'aller ensuite se prosterner devant la bouilloire.* »

« Rendent obligatoire d'aller ensuite », c'est pesant. Un vase en céramique ? *Un vase*, tout court, suffirait. Mais Rikyu était aussi un grand potier. Je suppose que le vase en céramique a été fait par lui. Mais il faut que je le dise, alors. Je ne vais pas rajouter un chapitre sur la vie de Rikyu quand je veux évoquer rapidement celle de Hideyoshi ! Et les fleurs ? Je devrais citer le nom des fleurs. Où pourrais-je trouver un livre sérieux sur la flore du Japon ? En tout cas, j'aime bien que ma phrase finisse par le mot *bouilloire*. J'ai adoré les bouilloires que j'ai vues au Japon, leurs bouilloires les plus banales, de grosses bouilloires en métal doré. J'aurais dû en rapporter une. J'ai été heureux au Japon et j'aimerais y retourner. Avant, je veux et je dois finir mon livre. Et ne pas m'endormir en pleine nuit ! Mes nuits ne sont pas faites pour dormir. C'est le seul moment où mon entourage humain et canin m'autorise à travailler. Une sorte de couvre-feu à l'envers. Et pour quel résultat ? De vieux prêtres névrosés qui me tombent sur le paletot. Je préfère les souvenirs qui me reviennent en écrivant à ceux qui me reviennent en rêvant.

Chapitre 3

ON LE SURNOMMAIT LE SINGE

Il était en train de mourir. Il n'avait plus la force de dissimuler qu'il souffrait et, depuis deux jours, il hurlait de douleur. Il avait échappé à la mort des dizaines de fois. Tant d'hommes avaient rêvé de le poignarder, de l'étouffer, de le noyer, de le brûler vif, de voir sa tête sanguinolente promenée, exposée et méprisée dans les avenues de la capitale, mais c'était toujours lui qui avait réussi à les tuer ou à les faire assassiner.

Dans tous les temples du Yamashiro et du Yamato, par ordre de l'empereur, chacun priait pour qu'il soit guéri. Partout on jeûnait, partout on récitait des *sûtras* afin de lui éviter une misérable agonie.

Il s'abandonnait à des crises de larmes, se mordait les joues et avait atrocement mal au ventre. Il regardait ses mains, ses jambes dont la peau se fendillait. Bientôt il ne vaudrait pas mieux qu'une de ces porcelaines de la Chine du Sud qui se cassent si facilement. Il avait vaincu des armées de cent ou deux cent mille hommes et il n'était plus en état de se tenir debout. C'était fini. Il avait vécu une soixantaine d'années. Il allait mourir.

Il enrageait d'être contraint de mourir avant d'avoir fait tout ce qu'il voulait faire. Qu'on prie pour lui ou non, il s'en moquait. Aucune prière n'avait arrêté ses coliques. Il avait entendu invoquer tant de dieux. Il connaissait le dieu des cabinets. Dans quel temple prierait-on pour lui le dieu de la colique? Il avait fait sortir de sa chambre le bonze qui avait cru le consoler en lui certifiant qu'après sa mort il serait assis dans une fleur de lotus de la Terre Pure. S'il avait été moins affaibli, il aurait fait tuer ce moine venu lui parler de la mort au lieu de lui parler de la vie.

Le seul religieux qu'il aurait supporté près de lui était son ami Joao, le jésuite portugais qui avait le tact de prier dans une langue incompréhensible.

A quoi bon prier pour un mourant? A tous, il aurait voulu dire qu'on ferait mieux de prier pour son fils. Dès qu'il pensait à son fils, il redoublait d'envie de guérir. Que deviendrait ce garçon de cinq ans? Il avait donné depuis longtemps l'ordre de battre à mort quiconque s'opposerait aux volontés de ce petit enfant qui serait un jour le vrai maître du pays. Entre-temps, lui, père moribond, avait nommé cinq régents, et puis cinq autres, et puis encore trois, afin qu'ils se surveillent mutuellement. Il leur avait offert des objets d'art rarissimes et beaucoup d'or.

Son fils lui avait offert un cheval et une épée, et il l'avait remercié en lui écrivant : « Mon fils, je t'embrasse les lèvres, tes lèvres ne devraient être embrassées par personne d'autre que moi. » C'était l'année dernière et ils étaient loin l'un de l'autre. A son fils, il avait aussi offert un éléphant et beaucoup de masques. Il lui avait promis d'aller jusqu'en Chine pour lui rapporter les masques les plus extravagants. Ses soldats étaient-ils déjà en Chine ? On ne le tenait plus au courant de rien ! Il n'avait plus la force de donner des ordres. Il voulait que ses soldats traversent la Corée, mettent l'armée chinoise en déroute et recherchent les plus beaux masques dans les palais de Pékin pour revenir les offrir à son fils.

Qui s'occupait de son fils maintenant ? Où était-il ? Qui le distrayait ? Pourquoi ne l'avait-il plus vu depuis tant de semaines ? Il ne voulait pas mourir tout seul dans ce château. Où étaient ses concubines ?

Il n'avait jamais été beau mais il avait eu de nombreuses femmes. Quand il guerroyait, il devenait attirant, même si, depuis longtemps, tout le monde le surnommait le Singe. C'était son maître Nobunaga qui avait eu cette idée. Depuis, Nobunaga avait été assassiné. Et lui, le Singe, il allait mourir à son tour, non pas trahi par ses plus proches amis, comme son maître, mais par ses intestins.

Depuis qu'il allait mal, seule Néné, sa femme stérile, qu'il connaissait depuis trente-sept ans, lui rendait visite. Elle n'avait pas craint de se mésallier avec l'inconnu qu'il était alors.

Pourquoi la jeune mère de son fils n'était-elle pas venue ? Il aurait aimé la regarder avant de mourir. Quel âge avait-elle ? Il aurait pu être son père. Depuis qu'il lui avait offert un château près de la rivière Yodo, on l'appelait Yodo, mais il avait continué de l'appeler Chacha, son nom d'adolescente. Quand Chacha était toute petite, son père, ses frères et son grand-père s'étaient suicidés le même jour.

Chacha n'était pas une mère très experte. Ils avaient eu un autre enfant ensemble, qui était mort en bas âge.

Il voulut se relever mais il était trop faible. Pourquoi mourir quand le fils qu'on aime a un tel besoin d'être protégé ? Il aurait voulu pouvoir décider de ne pas mourir. Ce ne serait qu'une décision de plus dans sa vie, lui qui n'avait jamais cessé d'en prendre. Il ne mourrait pas. Pas maintenant. Ses meilleurs soldats étaient en Corée. Ils envahiraient bientôt la Chine. Il les rejoindrait. Il entrerait à leur tête dans Pékin. Il obligerait l'empereur de Chine à donner sa fille à l'empereur du Japon. Il se vengerait des Coréens et des Chinois. C'était imminent. Il avait reçu des centaines d'oreilles et de nez que ses soldats avaient coupés sur les cadavres de ces chiens de l'armée coréenne. On aurait dû lui envoyer les têtes entières, mais personne n'avait voulu entasser toutes ces têtes sur le pont d'un navire. Les oreilles et les nez se putréfiaient peut-être moins vite.

C'était lui, le Singe, qui avait pris la décision d'envahir le royaume coréen : il y avait trop de soldats désœuvrés au Japon et il avait trouvé de quoi les occuper mais les Chinois étaient intervenus. Ils étaient si nombreux qu'il avait fallu négocier, et pourtant les Japonais se servaient d'armes à feu. Le Singe avait envoyé une délégation à la cour de l'empereur de Chine et pendant trois ans, dans la capitale japonaise, il avait attendu les ambassadeurs chinois. Il avait fait construire un château pour recevoir les Chinois, et quand ils étaient arrivés un tremblement de terre avait rendu ce château inutilisable. On les avait fait patienter quelques mois avant de les recevoir dans un autre château fébrilement remis à neuf. C'était le château d'Osaka, celui que le Singe avait offert à son petit garçon pour le remercier d'être né.

Les Chinois s'étaient montrés prétentieux et intraitables. Ils consentaient à livrer la partie méridionale de la Corée aux Japonais mais l'empereur de Chine interdisait tout commerce entre son pays et le Japon. Le gouvernement chinois exigeait de nommer lui-même les principaux responsables de l'empire japonais. Dès le départ des ambassadeurs chinois, le Singe avait regretté de ne pas les avoir fait assassiner.

Il avait envoyé des dizaines de milliers d'hommes reprendre la Corée. La fureur lui donnait presque la force de se relever quand il se rappelait que les bateaux coréens, mieux conçus, avaient détruit la flotte japonaise. Il était déjà allé en Corée et, parmi les prisonniers coréens, il avait ramené d'excellents potiers. Il ne quitterait plus le Japon. Il resterait avec son fils et il en ferait, aux yeux de tous, son successeur, le Kampaku !

Il avait dû faire front à d'autres ennuis, au danger de l'invasion chrétienne, aux mensonges des franciscains espagnols et des jésuites portugais. Il avait fallu crucifier vingt-six de ces chrétiens qui commençaient à détruire les temples bouddhiques et les sanctuaires shintoïstes. Il avait fallu faire la chasse aux Portugais qui emmenaient de force des Japonais vendus ensuite comme esclaves aux Philippines ou aux Indes.

Il ne voulait pas mourir avant une victoire complète en Corée et en Chine. Voilà quel devait être l'objet des prières dans chaque temple de la capitale. Lui qui avait écrit à ses vassaux : « La Corée et la Chine seront à nous sans problème », il ne voulait pas qu'on puisse l'accuser de présomption dans les temps à venir.

Il était l'homme le plus puissant du pays, le plus

flatté. Qui avait jamais vaincu autant d'ennemis ? A quinze ans, il avait reçu sa première épée et presque aussitôt, lancé dans la première bataille importante de sa vie, il avait surpris tous les siens en réussissant à décapiter le chef de l'armée ennemie, le gouverneur d'une province de la région de l'Océan de l'Ouest.

En même temps que sa première épée, quand on lui avait rasé le sommet du crâne, pendant la cérémonie de l'accession à la majorité, son maître lui avait donné le nom de Tokichi. Il n'était alors qu'un paysan orphelin qui ne portait déjà plus le nom que lui avait donné son père à la naissance.

Tokichi : mais qui s'intéressait encore à ce nom ? Dans l'entre-temps, il avait porté des noms de plus en plus glorieux jusqu'à son nom actuel, le nom du vrai maître du Japon, un nom qui sera bientôt remplacé par le nom posthume que lui donnera le supérieur d'un des temples qu'il protège.

Les douleurs abdominales n'avaient jamais été si violentes. Son corps était un réservoir de germes infectieux. « Tout est douleur », a dit le roi des médecins, le Bouddha.

Il avait crié mais il ne voulait plus qu'on le soigne. Dans son corps, la terre, l'eau, le feu et le vent n'étaient plus en harmonie. Les quatre cent quatre maladies pouvaient le terrasser. Son ventre était comme un trou plein de pythons et de rats, comme un arbre sur lequel sont perchés des hiboux qui s'entre-tuent.

Il avait entendu dire qu'on avait ouvert le crâne d'un malade pour en extraire une grenouille. Les quatre éléments se livraient bataille en lui comme quatre armées. L'eau et le feu, la terre et l'air ne respectaient ni ses organes ni son cerveau. On lui avait appliqué sur le bas-ventre des onguents au sang de cheval. Les poils de sa barbe étaient devenus secs et laids. Il n'avait plus la foi qui délivre de toute crainte. Les récitations de formules magiques n'amélioraient pas son état. Le feu de la fièvre le torturait. Il se déshydratait. D'où provenaient ces désordres ? De sa cupidité, de ses ambitions, de ses haines ?

Il avait assiégé un château situé à Takamatsu. Ce siège était resté fameux. Une fois de plus, il s'était affirmé comme un stratège hors pair. Il avait fait détourner le cours d'une rivière afin d'inonder tous les environs et d'isoler la forteresse : on aurait dit que l'orgueilleux bâtiment flottait sur l'eau. Les événements s'étaient précipités. On avait négocié. Le Singe avait exigé le suicide de Shimizu, le chef des assiégés.

La veille de son suicide, Shimizu avait été appelé par un de ses plus loyaux soldats qui s'était d'abord confondu en excuses pour avoir osé le déranger :

— Maître, vous allez mourir demain et j'ai voulu savoir si le suicide qui vous attend est aussi douloureux qu'on le dit. Je ne veux pas que demain, quand vous serez observé par nos vainqueurs, vous puissiez avoir l'air craintif. J'ai pris mon sabre court et je me suis ouvert le ventre. Maître, je peux vous rassurer : on souffre à peine.

Le soldat défit le vêtement qui lui couvrait le ventre. Le sang se remit à couler et ses entrailles apparurent.

Shimizu le remercia et l'aida à mourir en le décapitant d'un coup.

Le lendemain, Shimizu quitta le château toujours inondé. Sur ordre du Singe, on lui offrit un festin. Il but, il chanta, il exécuta une très jolie danse. On lui apporta un pinceau et de l'encre : il rédigea un poème d'adieu au monde, après quoi il s'ouvrit le ventre avec son sabre court. C'était le sixième jour du sixième mois d'une année quelconque de l'ère Tensho, entre l'heure du Serpent et l'heure du Cheval.

Pourquoi se souvenir de cela au moment où il allait lui-même mourir ? Serait-il tombé malade pour avoir jadis exigé ce suicide rituel ? Ce n'était ni le premier ni le dernier. Shimizu avait dû être heureux de pouvoir se sacrifier : tous ses compagnons eurent la vie sauve. La mort de Shimizu était plus enviable et plus noble que celle qui l'attendait, lui, le Singe, dans la fièvre et les nausées.

La dernière fois qu'il était allé à la selle, ses excréments avaient dégagé une odeur fade qui ressemblait à celle du sperme. Il s'était dit que cette odeur plairait au dieu des cabinets. Au lieu de penser à Hachiman, le dieu de la guerre, il ne contrôlait plus son esprit et sa vie se brouillait dans sa tête. Il aurait dû convoquer les régents et leur demander ce qu'ils feraient pour entretenir sa gloire posthume mais il ne pouvait s'empêcher de rêver à des histoires futiles qu'il avait lues dans des recueils d'anecdoctes bouddhiques, comme l'histoire du vieux moine qui avait pété dans le temple de Kiyomizu. Ce moine était en train de faire un sermon. Beaucoup de nobles s'étaient dérangés pour l'entendre. Il s'était tout à coup arrêté de prêcher, il avait quitté la salle et il était revenu un quart d'heure après, sans prendre la peine d'expliquer pourquoi il était sorti. Le lendemain, il s'était de nouveau arrêté en plein milieu de son sermon et il avait regardé l'assistance en soupirant : « Mais qu'est-ce que je vais faire maintenant ? » Il était resté là, sans bouger, sans rien dire. D'autres moines s'étaient permis de lui demander ce qui se passait : « Hier, ô vénérables, avait-il répondu, j'ai quitté la salle parce que j'avais cru, à cause d'un pet, qu'il fallait que je chie d'urgence, mais c'était une fausse envie. Tout à l'heure, croyant que je ne ferais qu'un pet, j'ai chié. Je suis confus. »

Le Singe avait souvent raconté cette histoire à ses soldats en buvant de l'alcool avec eux. Il l'avait aussi racontée à l'empereur.

Il ne lui restait plus qu'à implorer Yakushi, dieu des malades. On lui avait fait boire des infusions de gingembre, on avait fait brûler vingt sortes d'encens autour de sa couche, on aurait mieux fait de retrouver cette cloche miraculeuse dont les tintements guérissent ceux qui les écoutent.

Quand la maladie détruit le ventre, c'est grave. Il le savait. Quand il essayait d'uriner, ses mictions le faisaient horriblement souffrir. Son visage se convulsait. Il ne pissait plus que quelques gouttes à la fois. Il s'agitait sous l'effet de contractures anales, et il avait des selles sanglantes. Les maux de tête étaient un autre supplice, et son cœur battait si vite qu'il ne sentait plus ses bras ni ses jambes : il fallait qu'il ouvre les yeux pour se persuader d'avoir encore des membres. Etait-ce bien lui, l'auguste Taiko ? Lui qui avait réuni les plus grands peintres, les plus grands architectes pour construire et décorer ce palais qui sera son tombeau, où il vomit sur les coussins de soie, hurle dans le noir et ne reconnaît plus ceux qui viennent le voir ?

Il était terrifié par la vision de femmes qui se transformaient en araignées géantes, il avait appelé à l'aide parce qu'il avait confondu quelques papillons de nuit avec des oreilles de soldats coréens, il avait des nausées et devenait aveugle, il n'était plus grand-chose. Pourquoi ne faisait-on pas revenir les armées qui se trouvaient en

Corée ? Il fallait qu'on aide et qu'on défende son fils. Il fallait que ses espions viennent le renseigner sur ce qui se passait dans le Sud. Non ! Il ne fallait pas que ses espions viennent. Ils le trahiraient, ils iraient répandre partout le bruit que leur maître est mourant.

Non ! Le maître n'était pas mourant ! Il avait survécu à la période de la Petite Chaleur et à celle de la Grande Chaleur. Dès l'équinoxe d'automne, il s'embarquerait pour la Corée. Il reverrait Séoul où il y avait encore beaucoup d'objets d'art qui seraient mieux dans ses châteaux que là-bas. Il oubliait qu'une première fois déjà, les Coréens avaient repris Séoul. C'était à l'époque où il avait promis à son neveu de faire de lui le dictateur de la Chine. Pourquoi se laisser troubler par le souvenir de ce neveu ? Il avait eu raison de se débarrasser de lui. Il l'avait enfermé dans un temple et lui avait donné l'ordre de se suicider. Ensuite il avait fait tuer toute la famille de ce neveu, les trois petits garçons, les filles, la femme, les serviteurs. On avait entassé tous ces corps dans une fosse commune. Ce neveu était un traître en puissance. Il en avait fait son fils adoptif ! La vie de ce fils adoptif avait enfin été rendue inutile par la naissance de son fils à lui, le seul qui mérite de lui succéder, celui pour lequel il faut continuer de vivre jusqu'à ce que l'enfant puisse à son tour endosser une cuirasse et assumer les pouvoirs que son père lui transmettra.

Quel père! Quelqu'un qui fait peur et qui se cache parce qu'il bégaye et qu'il bave.

Il avait cru qu'il serait capable de se redresser pour redire à tous ceux qui l'entouraient, mais personne n'était là : « L'empereur! Tout ce qu'il possède, c'est moi qui le lui ai donné! » L'empereur n'avait aucun pouvoir. Qui était le vrai maître du Japon ? Qui avait eu l'idée de confisquer les armes des paysans ? Qui avait été assez malin pour dire aux paysans : « Donnez-moi vos sabres, je les ferai fondre et je ferai de tous vos sabres la plus belle des statues de Bouddha » ? Qui avait évité de nouvelles guerres civiles en envoyant les samouraïs en Corée ?

A quoi avait ressemblé sa vie ? Avait-il été intelligent ou bien avait-il eu de la chance ? Il aurait pu passer toute son existence à cultiver du riz et manger du millet. Les plus puissants seigneurs s'étaient soumis à lui comme l'herbe qui se couche sous le vent.

Dans ses châteaux, il avait fait construire des scènes de théâtre nô. Il avait commandé les plus beaux bois, engagé les meilleurs artisans, racheté d'anciens costumes et les masques les plus rares. Le théâtre nô est un théâtre de guerriers. Qui mieux que lui aurait pu goûter le contraste entre la scène vide et carrée dont le bois luisait et les champs de bataille où la lune n'éclairait plus que du sang et des débris d'armures ? La tension était la même chez l'acteur et chez le soldat et il était devenu acteur. Il avait interprété des dieux dans les pièces de dieux et des démons dans les pièces de démons. Il avait interprété des femmes dans les pièces de femmes, il avait été la célèbre poétesse Ono no Komachi, il avait été la Dame de la Chambre de la Sixième Avenue.

Sa femme lui écrivait et il finissait par lui répondre : « J'ai reçu toutes vos lettres mais je n'ai pas de temps à moi, je suis pris par les répétitions de nô. Je joue de plus en plus souvent, je suis fatigué, je serai bientôt à Kyoto pour jouer encore. J'ai du succès. »

Il avait fait écrire des pièces qui racontaient sa vie. Il avait fait sculpter des masques qui représentaient son visage et, masqué, il jouait son propre rôle. Il quittait les coulisses, soulevait le rideau aux cinq couleurs et apparaissait au bout du long passage couvert qui menait à la scène. Il racontait le siège du château d'Odawara et comment, en une seule nuit, il avait fait élever en face de ce château un autre château, un château fantôme fait de papier et de tissu, qui, à l'aube, avait effrayé les assiégés.

Sur scène, masqué, il psalmodiait le récit de sa naissance. Il disait que sa naissance ayant eu lieu en pleine nuit, le soleil s'était relevé pour y assister.

Il avait dépassé depuis longtemps l'âge de cinquante ans et il avait dû renoncer à interpréter des rôles difficiles. Il n'interprétait plus qu'un seul rôle, le sien. Il ne s'en lassait pas. Il avait encore la force de danser à la fin de chaque pièce. Il n'avait jamais aimé jouer à visage découvert : on lui aurait rappelé son surnom de « Saru », Singe.

Les plaintes que tirait de lui la maladie ne témoignaient plus de la maîtrise qui avait été la sienne quand il chantait sur scène accompagné par la flûte et les trois tambours. Il était honteux : ses cris, ses gémissements évoquaient ceux d'un mauvais récitant de théâtre de marionnettes.

Quand il serait mort, puisqu'il allait mourir, son masque lui survivrait. D'autres acteurs le porteraient.

Il aurait voulu mourir en serrant son fils dans ses bras mais la dernière fois qu'ils s'étaient vus, il avait fait peur à l'enfant.

Ce serait bientôt l'époque de la Rosée Blanche. Il demanderait qu'on lui apporte un pain d'encre et un pinceau. Aurait-il la force de rédiger son poème d'agonie, cet adieu au monde ? Il se proposait d'écrire : « Apparaître comme la rosée, disparaître comme elle... » Il se sentait démuni, n'ayant à opposer à la mort qu'un texte de quelques syllabes. Si on ne lui apportait pas d'encre, il écrirait avec sa merde.

Il confondait l'est et l'ouest. Dans la même phrase, il donnait des ordres à ses généraux pour qu'ils tuent l'amiral coréen Li et il répétait les plaintes du fantôme de la princesse Shikishi, un des rôles qu'il avait le mieux interprété devant les femmes de la cour.

Il aimait les camélias et les chrysanthèmes. Il aimait les iris. Il avait passé beaucoup de temps à apprendre à arranger les fleurs dans les nombreux vases qu'il possédait. Il aimait les pivoines et les grandes fleurs étoilées de l'asphodèle.

Il faisait des efforts désespérés pour se sentir en vie. Son corps n'obéissait pas. Il n'avait plus aucune force. Se remettre debout ! Se faire conduire chez l'empereur ! Organiser une grande fête ! Montrer qui il est, crier les quatre caractères qui composent son nom : Toyotomi Hideyoshi !

Chapitre 4

C'EST DE TOI QU'IL S'AGIT

Mon nom à moi est Eric Wein. Chaque fois que j'ai à me présenter je me sens réduit à rien. Si mes interlocuteurs ont déjà entendu parler de moi, c'est pire. Je deviens quelqu'un dont-ils-ont-déjà-entendu-parler, parqué dans son passé comme un Indien dans sa réserve. Je me retrouve sans futur, autant dire nu. Les noms que nous portons nous enchaînent au passé. Dès la naissance, on nous affuble du prénom d'un saint mort depuis des siècles. Le nom de famille, lui, est un instrument chirurgical grâce auquel on nous implante dans le crâne des aïeux dont nous ne sommes pas responsables et qui ne nous lâcheront plus. J'aurais dû prendre un pseudonyme quand j'ai publié mon premier livre, ce qui aurait d'ailleurs arrangé ma famille, surtout mon père, qui avait son bureau au Quai d'Orsay.

Dès qu'on a su chez moi que j'allais publier un roman, je vis se déployer une intense activité diplomatique. Lettres, coups de téléphone, visites. Pouvait-on lire quelques pages avant que ce soit imprimé ? Y avait-il beaucoup de personnages ? M'étais-je inspiré de la famille ? Pourquoi n'avais-je pas écrit un roman historique ? Et enfin LA question : « Mais sous quel nom vas-tu le publier ? » Comme si j'avais trente-six noms ! Le roman paraîtrait en septembre. Je passai le week-end de la Pentecôte avec mes parents dans la maison des Pyrénées où était morte ma grand-mère.

A la rentrée, j'envoyai à mes parents un exemplaire dédicacé de *Machin Chose*. Après l'avoir feuilleté, mon père refusa de me voir. Un an plus tard, ma sœur aînée me répéta le seul commentaire qu'il avait jugé bon de faire : « Le livre d'Eric est abominable. C'est comme s'il sortait dans la rue en tenant son sexe à pleines mains ! »

J'aurais pu lui répondre : « Mon sexe est à moi. C'est ma propriété, quand même ! » J'avais commis les excès propres à toute guerre d'indépendance. La brouille dura plus de deux ans. La naissance de mon premier enfant nous réconcilia et nous fîmes comme si de rien n'était : je n'avais bien entendu jamais écrit de livre, on ne l'avait pas édité, je gagnais à la loterie l'argent de mes droits d'auteur. Un jour, quand même, mon père me demanda si je me sentais en règle avec ma conscience.

Mon père est l'homme le plus intelligent que

j'aie jamais rencontré. C'est ce qui me permet de ne pas être impressionné par l'intelligence des autres.

Je viens de dire que je n'aimais pas avoir un nom et un prénom. Je pourrais dire le contraire. Porter un beau prénom donne de l'assurance dans la vie. Porter le même nom de famille que des inconnus qui sont morts devrait nous aider à avoir le sens du relatif. Donner son nom de famille à ses descendants est une façon comme une autre de braver sa propre mort.

J'ai fait une récapitulation des gens que j'ai essayé de rendre heureux. J'ai pensé à mes parents. J'ai été un bon fils, mais franchement, le bonheur de mes parents était-il un de mes soucis majeurs ?

Sur le chemin de l'école, quand je regardais passer des enterrements, j'imaginais que mon père ou ma mère se trouvaient dans le cercueil. C'était moi qui avais acheté toutes les fleurs et les couronnes. Si j'avais un béret sur la tête, je l'enlevais d'un geste que je voyais empreint d'une majesté grave. Quand c'était mon père que j'imaginais étendu dans le cercueil, je me promettais d'arracher ma mère à sa grisaille quotidienne pour lui faire connaître la vie brillante qu'elle méritait. Quand c'était au tour de ma mère d'être frappée par le destin, je n'avais plus de raisons de rentrer chez moi et je partais à l'aventure, m'engageant comme mousse sur un paquebot.

On perdait ma trace. Dans la forêt vierge, je chassais avec une sarbacane et j'épousais la fille d'un roi anthropophage.

Lorsque c'était mon père qu'on enterrait j'acceptais parfois que ma mère meure de chagrin huit jours plus tard. Orphelin, je découvrais que mes parents, ayant voulu m'élever à la dure, m'avaient caché que nous étions riches. J'offrais une Cadillac à chacun de mes amis, je distribuais le reste de l'argent aux pauvres et je disparaissais en Afrique équatoriale.

Si je ne rencontrais pas d'enterrement, je craignais de trouver mes parents assassinés en rentrant à la maison, mais avant de rendre leur dernier soupir, ils allaient avoir le temps de me donner un dernier baiser. Ou bien ils avaient eu un accident de voiture. Pourquoi étaient-ils partis sans moi en Autriche ? Avec tous ces précipices ? En pleine nuit, un hélicoptère me déposait dans le fond d'un ravin d'où je gagnais péniblement le lieu de l'accident. Les sauveteurs s'agitaient autour de deux corps carbonisés.

Quand j'arrivais à la maison, ma mère venait m'ouvrir la porte et j'entendais mon père tousser. Il fumait beaucoup trop mais il était ENCORE VIVANT ! Ma mère AUSSI ! Ouf ! J'avais toujours une famille !

J'ai été un petit garçon débordant d'imagination. Aujourd'hui, l'imagination m'excite moins.

Qui sont les personnages de mes romans ? Qui est ce Marc Strauss que j'envoie au Japon après y être allé moi-même ? *Tua res agitur !* me dirait le Père Hoquet : C'est de toi qu'il s'agit !

Chapitre 5

LA NUIT APPARTIENT AUX NERVEUX

Marc Strauss vient d'avoir quarante-deux ans.
S'il n'avait pas reçu les trois ou quatre télé-
grammes sur lesquels il comptait pour son anniversaire, il aurait été démoralisé. Ces télé-
grammes ont rejoint ceux des années précédentes
dans un des tiroirs où s'amassent les papiers qu'il
ne déchire pas, notamment les papiers de garantie de toutes sortes d'appareils qui ne sont plus
sous garantie et aussi des lettres qu'il ne relira
jamais.

Son nouveau livre sera bientôt en librairie. Il
met du temps à écrire : il faut dire qu'il passe
plus de temps à se promener qu'à rédiger. S'il ne
se promenait pas, comment ferait-il pour renou-
veler son stock d'idées ?

Le roman de lui qu'il préfère sera toujours le
prochain. Il sait que les livres prennent le chemin
le plus compliqué pour arriver à leur fin. Le
simple et le compliqué sont comme un frein et un
accélérateur. Pour le moment, il a l'impression

d'être en vacances. Il va vivre comme il a toujours fait, en laissant toute la place à l'imprévu.

Prendre des rendez-vous l'ennuie. N'importe quel rendez-vous, quand arrive le moment d'y aller, ne sert qu'à empêcher que quelque chose d'autre ait lieu. Le genre de rendez-vous que Marc préfère est celui auquel il va et auquel l'autre personne, sans prévenir, ne vient pas. Les bénéfices sont multiples : d'abord, il ne court pas le risque d'être déçu, ensuite il évite d'avoir à parler pour ne rien dire, et surtout il a devant lui du temps libre à l'état pur. Ce temps est à son entière disposition, ne relevant d'aucun horaire et n'appartenant à personne. Il est seul. Il est en ville. Il va marcher dans des rues. On ne l'attend nulle part. Il s'est rendu disponible au temps. Il n'en dispose pas : c'est le temps qui dispose de lui.

Grâce à ces rendez-vous qui le faisaient se retrouver seul, Marc avait pu établir que le temps, dès qu'il n'est plus asservi par un « emploi du temps », est la générosité même. Il avait chaque fois été accueilli, ou plutôt recueilli par le temps et il avait enfin pu se promener en échappant à la règle qui consiste à n'entretenir avec le temps que des rapports désagréables.

Quand il travaillait, c'était pareil : il fallait qu'il s'abandonne au temps, qu'il lui fasse confiance. S'il se disait : « Aujourd'hui, je travaille de neuf heures à midi », il ne faisait rien de bon. Il fallait qu'il n'y pense pas et, tout à coup, il se rendait compte qu'il venait d'écrire quelques phrases simples et rafraîchissantes. Alors, il sortait se promener.

Il adorait toute promenade imprévue et non intempestive (*imprévue* veut dire « qui arrive lorsqu'on y pense le moins », *intempestive* veut dire « qui n'est pas fait en temps convenable »). Son temps à lui se détachait du temps de tout le monde. « Un zigzag du temps », se disait-il, pas mécontent de cette formule qu'il était prêt à trouver aussi forte que celle de Hegel disant que le temps est de l'espace, à moins que Hegel n'ait dit *l'espace est temps*, et que ce soit Bergson qui ait dit que le temps est espace, oui, c'est sûrement Bergson qui a dit que le temps est espace, de toute façon deux conceptions bien traditionnelles du temps. Il y a un autre philosophe qui serait fier de son petit Marc Strauss, c'est Edmund Husserl, lui qui a déclaré dans une célèbre leçon : « Ce qu'est le temps, nous le savons tous. »

Marc pourrait passer moins de temps à se promener. Il travaillerait davantage mais, pensait-il, pourquoi renoncerais-je à me promener ? C'est ce que je fais le mieux.

Dans ses romans, il inventait des personnages qui lui servaient de cobayes, leur faisant revivre des moments de sa vie auxquels il n'avait rien compris. Quand il suivait de trop près des épisodes vécus par lui, par exemple les histoires d'amour, il obtenait les pires résultats : pas assez de passion si l'histoire était ancienne, trop de camouflage si c'était une histoire récente, et un manque de recul proche du gâtisme dès qu'il s'agissait d'une histoire en cours. Ce n'était pas cela, un livre. « Un livre, c'est une paranoïa réussie », avait-il dit. Prié de s'expliquer, il avait répondu que c'était déjà très bien d'avoir trouvé cette formule. De même que les physiciens étaient à la recherche de lois élémentaires universelles, lui aussi.

Il s'intéressait à toutes les pensées qui lui venaient quand il était en train d'écrire. La plupart d'entre elles, il ne s'était jamais senti capable de les communiquer dans des phrases compréhensibles.

Il s'en sortait en confrontant ses personnages à des situations qu'il redoutait d'aborder lui-même : il les envoyait au front. Les personnages de roman sont arrangeants. Ils ont un côté « animal domestique » et les romans sont pleins de caniches, de bouledogues et de chows-chows.

Comment découvrir des lois élémentaires universelles en décrivant des chows-chows ou des saint-bernard ? Les personnages de roman sont des instruments de connaissance aussi utiles qu'une éprouvette ou un microscope. Le mot « loi » ne plaisait pas à Marc, mais il avait aimé la réaction d'un savant comme Einstein qui, après avoir lu un livre qu'on lui avait consacré, avait regretté que son biographe n'ait pas tenu compte de la part de bizarre, d'irrationnel, de versatile et même du grain de folie que la nature met pour s'amuser dans un individu, tous éléments sans lesquels Einstein n'aurait pas découvert grand-chose et qu'on s'attendrait à trouver plutôt chez un personnage de roman que chez un physicien. Pourquoi le roman se tiendrait-il pour battu par le discours scientifique et irait-il se réfugier dans des éloges du rossignol et de la rose trémière sous prétexte que les savants s'occupent du reste ? Un proton vaut bien un rossignol. Un ordinateur est aussi intéressant qu'un sphinx : ce qui compte, c'est comment Œdipe ne se débrouillera pas mieux avec les énigmes de l'un qu'avec celles de l'autre.

Marc aurait pu appeler en renfort une des stars du baccalauréat, Emmanuel Kant, qui avait bel et bien dit que le physicien n'est qu'un artiste de la raison. Si Marc avait été l'élève de Kant, aurait-il osé lever le doigt : « Et le romancier, Monsieur le Professeur, qu'en pensez-vous ? »

Réponse d'Emmanuel Kant, d'après des notes prises par Marc Strauss à l'université de Königsberg :

— Le physicien, le mathématicien, quels que soient leurs succès dans la connaissance rationnelle, ont un maître qui se sert d'eux comme d'instruments. Il les emploie tous. C'est celui-là

Je suis écrivain.   3.

que nous devrions appeler romancier, mais le romancier ne se rencontre nulle part tandis que l'idée de son travail se rencontre partout, dans chaque raison humaine. Il ne faudrait pas s'imaginer qu'on égale un modèle qui n'existe que dans l'idée.

« A qui le dites-vous ! », avait soupiré Marc Strauss.

— La littérature est la simple idée d'une science possible, avait repris Kant. Vous ne la trouverez nulle part mais on peut essayer de s'en approcher de diverses manières jusqu'à ce qu'on tombe sur le seul chemin qui y conduise, un chemin jusqu'alors caché par les sentiments. Alors, dans la mesure où cela est possible à l'homme, rendez votre copie semblable au modèle. Il n'y a pas de littérature qui s'apprenne : lequel d'entre nous la possède ? Comment la reconnaître ? Où est-elle ? On ne peut qu'apprendre à écrire. Même si la littérature tombe un jour dans un discrédit général, parce qu'on lui aura demandé plus qu'il n'était juste de le faire, on reviendra toujours à elle comme à une amie avec qui on s'était brouillé.

Après le cours, Marc avait attendu son professeur. Peut-être n'avait-il fait que rêver tandis que l'éminent philosophe parlait. Un tel éloge de l'écrivain ! Marc avait voulu en avoir le cœur net. Kant, un des plus grands romanciers du monde ! Le seul capable de courir le marathon à la vitesse

66

du cent mètres. Melville, Dickens, Tolstoï même, à côté de lui, n'étaient que des courriéristes, des auteurs de café-théâtre.

Kant était pressé. Encore quelques centaines de pages à écrire. Avait serré la main de Marc. Murmuré quelques mots. Il pleuvait. Marc avait posé une question trop longue. Avec Kant, éviter le filandreux. Merveilleux homme. Prévoit tout. Ne triche pas. Bonheur universel. Intuition. La pensée est au service de l'intuition. L'imagination, fonction aveugle mais indispensable, source fondamentale... Marc avait demandé : « Fonction de quoi ? » Kant s'éloignait à grands pas. Marc avait crié : « Fonction de l'âme ? » Le vent sifflait. Kant s'était retourné. Il avait continué de parler, mais Marc n'entendait pas bien. Le professeur avait disparu. Marc était rentré chez lui en ressassant les trois petites questions qu'il aurait aimé poser à Kant : « Que puis-je savoir ? Que dois-je faire ? Qu'ai-je à espérer ? »

Heureusement que personne ne l'avait vu en train de s'époumoner dans la rue ! Avait-il vraiment crié sous la pluie ? Interpellé un certain Kant ? Chaque fois que quelqu'un lui disait : « Je vous ai aperçu dans la rue l'autre jour », même quand c'était dit avec sympathie, il s'attendait à ce qu'on lui annonce qu'il errait dans un état manifeste de confusion mentale.

Une des passions de Marc est le noctambulisme, et Paris reste un des endroits au monde où il est le plus agréable de se promener la nuit. Le plaisir de flâner la nuit dans les grandes villes est apparu récemment dans l'histoire de l'humanité. Il aura fallu attendre l'éclairage public. Marc aimerait se promener la nuit dans toutes les villes du monde. La nuit, il a moins à s'occuper des autres. Il n'a pas non plus à se croire obligé d'aller dans les musées. Il est en alerte. Il regarde tout différemment. La nuit appartient aux nerveux.

Marc va partir pour Tokyo. C'est la première fois qu'il va au Japon. Il a vu presque tous les films japonais qui sont sortis en Europe, il croit bien avoir lu tout ce qu'on a traduit et il est un des meilleurs clients des restaurants japonais qui se multiplient dans Paris. Il y a des années qu'il aime ce pays. Il voyagera avec Air France : en cas d'accident, il est sûr de comprendre tout ce qu'on lui dira.

Un de ses amis part pour le Japon, lui aussi, mais d'Amsterdam. Leurs avions feront escale en Alaska au même moment. Ils prendront un café ensemble à Anchorage.

Chapitre 6

OFFRONS-NOUS UN VOYAGE DE RÊVE

Mon père m'a envoyé une lettre pour mon anniversaire, et je la garde sur ma table. Elle est postée de Biarritz. « Cher Eric, à chacun son tour de compter un an de plus. Décidément, les anniversaires deviennent douloureux. Les miens me rappellent que je m'éloigne dans le temps, les tiens que tu t'éloignes dans l'espace. *(Je lui avais écrit du Japon.)* Parfois je me demande où tu es, à quoi penses-tu, à qui parles-tu, quels sont les arbres, les murs, les couleurs qui t'environnent ? Et je te vois funambule marchant sur la corde raide de l'avenir. C'est le temps de la connaissance par l'absence. Il est doux-amer, comme le soir, comme l'automne. » Mon père aurait voulu que je devienne professeur d'université, ce qui a suffi à me faire prendre en grippe toute forme d'enseignement. Il aurait aimé être fier de moi.

A ma mort, on pourra dire que je fus un bon fils. « Son père l'ayant accablé d'opprobre lorsqu'il osa faire paraître un abject premier roman, notre ami Eric s'inclina. Nous vîmes ce fils pénétré de l'esprit de repentance faire des efforts surhumains pour ne plus écrire. Hélas, il n'y parvint pas toujours. Quand l'écriture était plus forte que sa volonté, il expiait en se rendant malade. Seigneur, ayez pitié de l'âme de votre serviteur Eric Wein. »

Dans un ouvrage de psychanalyse, j'ai lu que les écrivains tomberaient malades s'ils n'écrivaient pas. Avec moi, c'est le contraire. Dès que j'ai réussi à écrire trois ou quatre pages, j'éprouve des douleurs lancinantes dans le thorax ou le ventre. Parfois, ma vue se brouille, des mouches me passent devant les yeux, je vais devenir aveugle et je regrette amèrement de ne pas avoir appris le braille.

Au moindre tiraillement d'intestin pendant mes tête-à-tête tumultueux avec des machines à écrire auxquelles il m'arrivait de donner des coups de poing, je me figurais que j'allais être terrassé par une crise d'appendicite aiguë. Je n'ai jamais supporté de savoir ce qui se passe dans mon corps. L'appendicite aiguë était la seule maladie grave dont je connaissais les symptômes et les effets. Je viens de découvrir beaucoup plus angoissant, le cancer de la prostate ! Quel besoin avais-je de lire cet article sur les troubles de l'évacuation urinaire ? J'ai pensé en toute bonne foi qu'il y avait là des informations utiles pour un romancier et que j'en aurais l'usage un jour ou l'autre. Je me trompais! Je m'en suis servi de façon imprévue. L'autre nuit, pendant que je corrigeais le chapitre sur l'agonie de Hideyoshi, j'ai cru que j'étais à deux doigts d'être emmené en ambulance. Tout le bas-ventre m'élançait. Un chirurgien à moitié endormi devrait m'inciser la paroi abdominale, m'ouvrir la vessie!

— Je n'en peux plus, disait mon corps. Trop c'est trop. J'ai les jambes en coton. J'abdique.

— Ne fais pas ta mauviette, répliquait mon cerveau. Ce n'est pas le moment. J'avais une idée géniale...

— Non! Quittons tout de suite cette table de travail ou j'appelle le Samu. Prenons un bain, allons faire une promenade. Si tu veux, buvons un petit verre de vodka.

— Et si on feuilletait un livre? Rien que quelques pages? J'ai justement acheté hier les « Ecrits logiques et philosophiques » de Gottlob Frege.

— O masse nerveuse occupant la cavité de mon crâne! Tu es incorrigible!

Ardent défenseur de la jouissance immédiate, mon corps ne comprend jamais rien aux détours que tente de lui imposer mon cerveau.

— Et si nous lisions un roman que quelqu'un aurait réussi à terminer, insiste le cerveau. Ce serait agréable. Détente, distraction...

— Bon, mais alors, pas plus de cinq minutes.

— Tu ne serais pas content, si nous réussissions nous aussi à finir un livre ? Plus que quelques mois !

— C'est à toi de voir. Si tu me rends malheureux, ça te retombera dessus. Méfie-toi, joli cerveau, méfie-toi. On ne peut pas m'asservir sans conséquences fâcheuses. Je vais finir par te détester. Tu veux que j'existe uniquement pour te permettre de réfléchir. Ne m'oblige pas à te rendre fou pour te montrer qui est le plus fort.

— Je ne pourrai jamais vivre sans toi, tu devrais le savoir.

— Eh bien alors ! Prouve-moi ton attachement. Arrête de me martyriser. Avec toi, j'ai l'impression d'être toute l'année un flagellant de la procession de la Semaine sainte de Séville... Allons plutôt à Venise.

— Nous sommes déjà allés au Japon.

— Le Japon, le Japon ! Je ne veux même plus entendre prononcer ce mot. J'en ai jusque-là, du Japon. Je déteste le Japon ! Je me suis senti très bien là-bas, je l'admets, et j'étais heureux de me promener avec toi dans tous ces beaux jardins. Mais c'était il y a trois ans, mon cher ! *Trois ans !* Tu vas me répondre que le temps n'existe pas ! Je ne marche plus ! Trois ans ! Qu'avons-nous fait pendant trois ans ? N'a-t-il pas été question de louer une villa en Toscane ? Trois ans à rester tous les deux enfermés en ville et assis sur la même chaise jour et nuit !

— Trois ans pendant lesquels tu n'as pas

réussi à t'arrêter de fumer! Tu me donnes des migraines pendant trois ans et c'est toi qui te plains?

— Je fume parce que tu me le demandes, hypocrite! Trois ans à me bousiller la colonne vertébrale! Tout ça pour faire plaisir à qui? A ta sacro-sainte cervelle! Je refuse d'être plus long-temps la victime de tes inhibitions! Depuis trois ans, tu n'as pas écrit une seule ligne que tu oserais faire lire à ton éditeur! Pas *une seule* ligne! C'est vrai ou non?

— C'est la pure vérité.

— Ecoutez-moi ça : « C'est la pure vérité! » Je vais prendre les choses en main. Premièrement, nous décidons de jeter tout de suite à la poubelle les livres que tu empiles depuis notre retour de Tokyo, *Origines de la civilisation japonaise, Le Secret de Pearl Harbor, Figures érotiques de l'art japonais*, etc., etc.

— Tu es sympathique, mais reste à ta place. J'ai des droits et des devoirs, moi... Je ne peux pas me permettre de concevoir des ouvrages de l'esprit avec cette légèreté dont tu te fais l'insi-nuant apôtre. Cent fois sur le métier je remettrai mon ouvrage.

— Laisse donc le rire me secouer! Tes préten-dus devoirs sont des murailles derrière lesquelles tu te caches. Tu veux que nous fassions un livre? Pas besoin de se donner tout le mal dans lequel tu m'entraînes et te complais. En trois mois, à raison de quelques heures par jour, je t'aide à rédiger un petit chef-d'œuvre aérien. Ensuite offrons-nous un voyage de rêve.

— Je ne demande pas mieux. Montre-moi comment faire et je me mettrai à tes ordres. Tiens, prends la machine à écrire.

Le corps s'assied devant la machine et commence à taper : « Ghjk lèg flori désé stac nde gig squ aph-baazf lkav. »

— Très bien, lui dit le cerveau. Allons nous coucher.

En général, il suffit que je décide d'arrêter d'écrire pour que les douleurs abdominales ou autres s'atténuent. Je me dis que je vais aller me coucher et je redeviens calme. Quand je suis sur le point de m'endormir, les idées les plus intéressantes se présentent. Je les emporte avec moi dans le sommeil qu'elles agitent.

Au Japon, j'étais heureux de n'avoir rien à écrire et je ne me suis pas senti malade. Je me demande pourquoi je suis rentré !

J'avais toujours un petit carnet sur moi. Je prenais des notes dans les rues, les parcs, les temples, les musées. Ces notes m'encombrent aujourd'hui et m'empêchent d'avancer dans mon travail chaque fois que je les consulte. Je ne prendrai plus jamais de notes. Les descriptions ratées sont celles que l'auteur rédige d'après ses notes. Si on ne fait pas confiance à la mémoire, elle se venge. Il vaut mieux écrire en s'abandonnant à ses souvenirs. Les retrouvailles avec le passé n'en sont que plus directes.

Je n'arrive pas à m'endormir. Si j'avais des horaires normaux, je m'endormirais dans les bras de Sylvie. Je dois être un peu dérangé pour passer des nuits d'amour avec une machine à écrire plutôt qu'avec une femme ! Et quelles nuits ! Dans un livre, j'ai découpé la photo en couleurs d'un hibou. Je l'ai collée sur un carton fort et mise devant moi. Ce hibou me tient compagnie jusqu'à l'aube.

Loin de dormir du sommeil du juste, je me tourne et retourne, j'essaie d'évoquer des moments heureux de ma vie. J'ai lu un texte sur la différence entre le sommeil réparateur et le sommeil de luxe. Je voudrais cumuler les deux. Je pense à mon psychanalyste adoré qui me disait : « Ne vous croyez pas obligé de franchir le Rubicon tous les jours. Soyez comme un savon qui glisse des mains du destin... Apprenez qu'il n'est pas nécessaire d'être héroïque pour être un héros... Qu'il faut aller de l'avant ! Sans prudence ! Savoir ce qu'on désire ! Ne rien céder ! Ce ne sera pas rose... La vie est plutôt comique... Soyez un héros comique... Un *luftmensch*... Celui qui plane... Voyagez en aéroglisseur... Si vous aviez davantage de respect pour les possibilités créatrices de votre inconscient... N'écrivez pas en confondant votre stylo avec un compte-gouttes... »

C'est sans l'avoir voulu que je me suis retrouvé en train d'écrire ce roman prétendument japonais. J'ai l'impression que le livre s'intéresse plus à moi que moi à lui ! Pourquoi ai-je appelé mon personnage Marc *Strauss* ? Au lieu de Dufour ou Dumoulin... J'ai à la fois envie d'écrire et besoin de m'empêcher d'écrire... Docteur... Marc Strauss, c'est à cause des valses ?

Au petit jour, je me retrouve tout seul en proie à mes tendances destructrices ! Mon surmoi est particulièrement dur et cruel (Freud, *Abrégé de psychanalyse*, chapitre VI). Mais on n'a jamais vu un surmoi qui tapait à la machine. C'est MOI qui tape ceci à la machine : « *Pendant des années, Marc Strauss s'était senti incapable de prendre l'avion. Il était dominé par son système nerveux.* »

Chapitre 7

AU-DESSUS DU PÔLE NORD

Pendant des années, Marc Strauss avait dû renoncer à prendre l'avion. Il était sous les ordres de son système nerveux. Dès qu'il envisageait de se rendre quelque part en avion, une attaque d'angoisse survenait. Il avait tout essayé pour se défaire de ce handicap, il avait lu la vie de Jean Mermoz et l'autobiographie de Lindbergh : *Mon avion et moi,* il avait acheté des Mémoires de pilotes d'essai et des histoires romancées de la R.A.F. mais il y avait toujours une petite phrase qui venait tout gâcher, par exemple : « La froide vibration du fuselage fut la dernière sensation que connut son corps vivant et chaud. » On lui démontra qu'il risquait moins sa vie dans un avion que dans un ascenseur, rien n'y fit. Il dut admettre que son inconscient abritait un surmoi particulièrement dur et cruel. Il fut invité en Egypte et en Inde et il refusa d'y aller en prétextant qu'il était submergé de travail. Que Lindbergh ait voulu faire le fou à bord de son

Spirit of Saint Louis, libre à lui. Que Mermoz ait frôlé la mort en transportant des lettres en Amérique du Sud, le progrès a toujours eu besoin d'illuminés. Marc refusait de mettre les pieds dans un de ces engins qui tremblent au contact du moindre cumulo-nimbus.

Une fois constituée, la peur de prendre l'avion évolue de façon très variable. Elle peut disparaître spontanément ou s'éterniser, occasionnant alors une réduction sévère de la vie touristique du sujet. On a souvent noté des périodes d'amélioration imparfaite et des phases de paroxysme.

Marc s'était réconcilié avec l'aéronautique à la suite de réflexions qu'il s'était faites sur la physique atomique et nucléaire. Il avait regretté de ne pas s'être intéressé plus tôt à ce qu'un chercheur appelait la jungle des particules de très haute énergie. Etant enfant, il s'était beaucoup occupé de sauterelles, de papillons, de coléoptères. Il avait su faire la différence entre la sauterelle des Alpes, à tête verte, et la sauterelle folle, qui a la tête brune et qui bourdonne en s'envolant. Et voilà qu'il pénétrait soudain dans le monde de l'atome, un univers auquel, adulte, il trouvait autant de séduction qu'à celui des insectes quand il était enfant. Les noms des particules élémentaires l'enchantaient. Certaines étaient appelées des particules instables. Marc aurait eu mauvaise grâce à ne pas vouloir les rencontrer dans la troposphère où elles escortent les avions comme les dauphins le font avec les bateaux. Il cessa de confondre les avions avec d'angoissantes contrefaçons du phallus ailé des Anciens.

Cette peur de l'avion disparut lors d'un voyage qu'il fut obligé de faire à New York. Il n'eut pas le choix. Il songea au Concorde, qui aurait abrégé son calvaire. Dans un Boeing assez stable, il s'était retrouvé assis à côté d'un diplomate italien qui lui avait raconté plein d'histoires intéressantes sur les hautes sphères du Vatican où les Eminences, les Excellences et les Monseigneurs ne reculaient devant aucun coup bas pour ajouter des nuances pourpres ou violettes à leurs vêtements.

Le supérieur d'une des plus prestigieuses communautés du Vatican avait ramassé à l'aube une boucle d'oreille dans l'escalier menant au dortoir : un de ses éléments les plus prometteurs, un garçon sur le point d'être ordonné prêtre, sortait la nuit, attifé en travelo. Un autre novice avait été retrouvé dans les bras du plombier venu réparer le radiateur de la sacristie.

Ces histoires avaient diverti Marc qui n'avait pas osé montrer qu'il avait peur en avion, et l'avait même oublié. Finalement, tout s'était très bien passé. Il gardait aussi un bon souvenir du vol de retour, où il s'était retrouvé seul dans le fond d'un avion pratiquement vide. Il était guéri. A lui Cotonou, Macao, Singapour ! L'Argentine ! La pampa ! La mer de Java ! Où le conduirait son prochain vol ?

Il avait opté pour le Japon. Les avions lui plaisaient, il fallait continuer d'en prendre. Sinon, il aurait les mêmes problèmes qu'un athlète qui perd sa souplesse en arrêtant de s'entraîner.

A l'aéroport, il acheta le *Vogue* américain, *Newsweek, Stern, Die Zeit, l'Espresso* et encore trois ou quatre autres revues. Il trouverait des quotidiens à bord. Il ne pouvait pas se passer de feuilleter des revues étrangères. Il ne comprenait pas tous les articles mais il était content de voir d'autres visages que ceux que lui infligeait la presse française.

Il but deux verres de whisky pour conjurer la peur d'avoir peur et il attendit le dernier appel avant de s'engager dans le sas qui le mènerait vers l'avion et qu'il aurait appelé, un mois plus tôt, le couloir de la mort. Il s'installa à côté d'un hublot. La rangée était vide. Il aurait trois sièges pour lui. Il y avait beaucoup de Japonais dans l'avion. Un groupe de Français, ne laissant ignorer à personne qu'ils étaient des gérants d'hôtels de luxe en voyage d'études, parlaient trop fort sous le regard réprobateur des passagers japonais qui se préparaient déjà à dormir. Marc mit les écouteurs et, engourdi par l'alcool, il trouva du charme à une musique braillarde que vint interrompre la voix du commandant de bord annonçant brièvement : « Décollage dans une minute. » Il essaya de prendre l'air dégagé des hommes d'affaires qui, dans ces moments-là, se contentent de tourner la page de leur journal comme si le décollage d'un avion n'avait rien de plus insolite que le démarrage d'un autobus. Plus tard, il demanda du champagne et leva son gobelet en matière plastique à la mémoire de l'empereur Meiji qui avait ouvert le Japon aux étrangers.

Cinq siècles plus tôt, des marchands portugais avaient apporté les premières armes à feu au Japon. Le lettré chinois qui les accompagnait avait prévenu les autorités japonaises : « Ces barbares n'ont aucun sens de la politesse et ils mangent sans se servir de baguettes. » Les Japonais avaient acheté quelques mousquets, les avaient démontés et avaient réussi à en fabriquer d'autres avec l'aide d'un fondeur portugais. Marc, lui, n'apportait rien au Japon, à part ses cartes de crédit. Il arrivait juste avec une grande affection pour ce pays et de la tendresse pour ses habitants qu'il avait appris à connaître en lisant leurs romans et en regardant leurs films. La fiction rend les peuples plutôt sympathiques. Ce sont les livres d'histoire qui donnent moins envie de les connaître. « Affection, tendresse » : Marc se demanda si c'était l'air pressurisé qui le rendait sentimental.

Une atmosphère de salon de thé s'établissait dans l'avion. « Encore un peu et on aurait envie d'aller prendre un verre en terrasse », s'était dit

Marc qui observait par le hublot les côtes de Norvège. Il se trouvait dans le meilleur des avions possibles. On lui servit du saumon froid « Parisienne ».

L'avion survolerait bientôt le Spitzberg. Marc, qui avait consulté le plan de vol, avait appris que l'avion passerait au-dessus du Pôle Nord. On lui expliqua que ce n'était pas l'itinéraire habituel. Il croyait que l'avion devait passer par le Canada. Il avait su jadis la différence qui existe entre le pôle magnétique et le Pôle Nord.

Il écrivit un mot dans lequel il demandait au commandant de bord de bien vouloir l'admettre quelques instants dans le cockpit. Il ajouta qu'il était écrivain et qu'il s'était intéressé aux expéditions d'Amundsen et de Peary. Il souhaitait être devant pour voir le Pôle Nord. Il confia le mot à une hôtesse qui revint le chercher.

Les trois hommes d'équipage lui serrèrent la main. Il aurait préféré qu'ils gardent les yeux sur leurs cadrans au lieu de lui sourire. Le commandant de bord lui indiqua une place derrière lui et fit un geste : « Le Pôle Nord est là-bas. » Il prit le micro pour annoncer : « Mesdames et Messieurs, nous survolons le Pôle Nord. » Marc regarda des îles de glace solide et de glace dérivante. Il voyait pour la première fois des icebergs et la banquise. Il pensa aux explorateurs qui avaient rêvé d'atteindre ces étendues qu'il survolait sans problème et bien au chaud. Des hommes étaient devenus fous, d'autres s'étaient réveillés en trouvant leurs camarades morts à côté d'eux pendant la nuit, gelés dans leurs sacs de couchage.

Tout ce qu'il avait pu imaginer à propos du Pôle Nord lui parut dérisoire. Dans les récits qu'il avait lus, la glace, le vent, le froid étaient présents à chaque page. Il avait beau savoir que les paysages sont rassurants vus de haut, il lui sembla encore plus incompréhensible que des hommes aient pu s'aventurer jusque-là. Il n'aurait pas eu la même impression s'il était resté assis à sa place. Ce qu'il aurait aperçu à travers le hublot aurait eu un côté peinture de chevalet. Dans le cockpit, c'était une fresque.

Jusqu'au moment où commencèrent les manœuvres d'atterrissage, il resta en silence à considérer la banquise. Le radio lui montra les sommets de la chaîne de l'Alaska et puis il aperçut l'extrême nord de l'océan Pacifique. Il venait de pressentir la violence de milliers de kilomètres carrés où aucun être humain ne s'est encore risqué.

L'aéroport d'Anchorage ressemblait à un garage de Boeing 747. Ils se détachaient sur la neige et certains d'entre eux, appartenant à des compagnies dont Marc n'avait jamais entendu parler, étaient coloriés comme des jouets. Il s'amusa de voir tant de gros avions dans un si petit aéroport. Tout le monde venait du Japon ou y allait. Les boutiques hors taxe étaient tenues par des vendeuses japonaises qui calculaient le prix de montres à quartz avec des bouliers en bois. Une bande d'enfants japonais admiraient un ours blanc empaillé dont Marc avait déjà vu le cousin germain au Musée de la Chasse à Paris.

Il faisait soleil. La nuit avait dû tomber à Paris. Marc voulut téléphoner chez lui mais c'était tout le temps occupé. De la cabine, il voyait les hautes montagnes blanches qui entouraient l'aéroport. Il n'y avait pas un nuage. Il n'avait pas envie de rester enfermé dans cette cabine téléphonique où il étouffait alors qu'il y avait dehors tout ce soleil et cet espace. Il trouva tout à coup futile d'aller au Japon. Pourquoi traîner dans les rues d'une mégalopole surpeuplée comme Tokyo quand on est aux portes du Grand Nord ? Qu'est-ce qu'il verrait au Japon ? Des temples et des grands magasins, des stations de métro, des autoroutes ! En Alaska, il ne perdrait pas son temps à s'extasier sur le bouddhisme et la vidéo. Il quitterait l'aéroport et trouverait un petit hôtel en dehors de la ville. Il achèterait des cahiers et il commencerait tout de suite à écrire un roman. Personne ne saurait où le trouver.

Il fallait se décider vite. Son avion repartait dans moins d'une heure. Il avait un visa valable pour les Etats-Unis. Il se souvint que ses bagages étaient dans les soutes de l'avion mais ce ne serait pas grave s'il les perdait. Il n'y avait que la valise qui était neuve et tous les livres qu'il avait pris avec lui, il les avait déjà lus.

Rester en Alaska était une bonne idée et rien ne l'empêcherait de rentrer plus tard en France par le Japon et la route des Indes. Pourquoi des cellules nerveuses sont-elles excitées et d'autres inhibées par l'inconnu ? Quelles substances chimiques, dans le cerveau, créent le besoin de voyager ? Pourquoi Marc a-t-il acheté un billet d'avion pour Tokyo ? Par quelles connexions héréditaires fut-il poussé ? L'hérédité ne se réduit pas à transmettre des tics ou la couleur de ses yeux. Marc aimait penser que l'hérédité de chacun est faite de toutes les vies de ceux qui ont vécu avant lui. Serait-il parti pour le Japon si Hérodote n'était pas parti pour l'Egypte ou Chateaubriand pour Jérusalem ?

Il est difficile de savoir quel est le bon moment pour aller ici ou là. Il aimait le Japon depuis longtemps et il avait l'impression d'y aller avec dix ans de retard. L'Alaska, au moins, c'était le coup de foudre. Il n'était jamais allé non plus à Prague ou à Budapest et pourtant il était sûr qu'il se sentirait plus dépaysé dans un pays de l'Est qu'à Tokyo. Quelles expériences passées l'avaient déterminé à choisir Tokyo ? Pour l'Alaska, c'était plus clair. Il y avait le plaisir de faire autre chose que ce qui était prévu.

Etait-il libre de choisir entre Tokyo et Anchorage ? S'il décidait de rester à Anchorage, il serait, malgré les apparences, moins libre que s'il repartait pour Tokyo. En restant, il se laissait déterminer de façon rigide par son goût de l'imprévu. Les conséquences du choix d'Anchorage étaient prévisibles et rassurantes : il ne connaissait pas l'Alaska mais il savait ce qu'il y ferait. La neige et la solitude ne le surprendraient pas. Au bout de huit jours, il ne verrait plus la différence entre les environs d'Anchorage et un paysage suisse. C'était décidément plus déroutant de se rendre au Japon.

Il alla jeter un coup d'œil sur les boutiques. Les barres de chocolat Toblerone se vendaient comme des petits pains. Il envoya une carte postale chez lui. La carte représentait cinq fleurs sauvages de l'Alaska, dont un myosotis, la fleur officielle de l'Etat. Marie aimait les fleurs. Elle garderait peut-être la carte près de son lit à moins que la plus petite de leurs deux filles ne s'en empare et crayonne dessus. Si l'avion s'abîmait dans l'océan au large du Kamchatka, ce serait le dernier signe qu'elles auraient de lui.

On annonça l'arrivée du vol K.L.M. en provenance d'Amsterdam. Au moment où Marc aperçut Wolfram, il entendit le premier appel aux passagers d'Air France : c'était son avion qui allait repartir. Ils n'avaient que cinq minutes pour se voir. Wolfram était un des meilleurs amis de Marc. Beaucoup de gens le considéraient déjà comme le meilleur chef d'orchestre de sa génération. Il avait l'air fatigué. Il avait dirigé la veille la Troisième Symphonie de Mahler à Amsterdam et, deux jours avant, il avait fini l'enregistrement de son *Freischütz* à Munich. Marc lui promit de l'attendre à l'aéroport de Tokyo.

Le Boeing décolla. Marc vit rapetisser les montagnes de l'Alaska avec un serrement de cœur. Il s'endormit après le film et quand il se réveilla c'était la descente sur Tokyo. Il ne vit d'abord que des nuages. Il pleuvait. Quand il aperçut un peu de campagne, il la trouva décevante. Plus l'avion descendait, plus le Japon ressemblait au nord de la France.

Marc avait hâte de découvrir un pays où des écrivains avaient fondé une revue en l'appelant « Littérature de camelote », et où d'autres avaient écrit des livres intitulés « Recueil de phrases boiteuses », « Paroles superflues » et « Portraits de cent imbéciles, anciens et modernes », un pays où les graveurs sur bois avaient donné des services religieux à la mémoire des arbres abattus pour eux, où l'inventeur d'une poudre insecticide avait prié pour les insectes que son invention ferait mourir, un pays où, avant l'invention du transistor, on écoutait chanter des grillons en cage, un pays où les conducteurs de tramways avaient fait la grève du zèle en roulant à toute vitesse en ville sans jamais s'arrêter ni prendre de passagers, un pays où on avait jeté un serpent dans les tribunes occupées par les députés, un pays où on avait eu coutume de rouvrir le cercueil deux ou trois jours après la mise en bière pour faire boire un peu d'alcool au mort en lui soutenant la tête, un pays où on avait gardé l'âme des empereurs dans une petite boîte pendant les douze mois qui suivaient leur décès, un pays où un ministre disgracié et mort en exil était devenu le dieu de la calligraphie et de la poésie.

Il y avait un monde fou dans l'aéroport qui bouillonnait comme un stade après la finale d'une coupe du monde. Marc voulut faire comprendre qu'il était heureux d'être au Japon à un douanier que cette déclaration laissa indifférent.

La première chose qu'il remarqua, c'est que les Japonais qui retrouvaient leur famille après un si long voyage ne s'embrassaient pas et ne poussaient aucun cri de joie ou de surprise.

Wolfram le présenta à l'organisateur de sa tournée de concerts, M. Enomoto. Celui-ci ne parla que de Rossini. Il avait vu la veille *Le Barbier de Séville*. Marc avait fait quinze ou seize heures d'avion pour entendre parler de Rossini à Tokyo ! M. Enomoto avait prononcé plusieurs fois « Gioacchino Rossini ». Avant de reconnaître le nom du musicien, Marc avait cru qu'il s'agissait d'une formule de politesse et il s'était incliné comme il l'avait vu faire dans les films de Ozu. Quand Wolfram expliqua à M. Enomoto que son ami Marc était écrivain, M. Enomoto modula un très long « Oh ! » qui exprimait un respect apparemment sans bornes pour la littérature. Il s'excusa parce que la floraison des cerisiers était en retard cette année. Il y avait un trafic monstre sur l'autoroute bordée de murs antibruit. M. Enomoto sifflotait des airs du *Barbier de Séville*. C'était la huitième fois que Wolfram venait au Japon. Il ne regardait pas autour de lui. En silence, Marc attendait impatiemment de voir quelque chose d'intéressant, au moins un bosquet de bambous. Il vit, en guise de temple zen, le château de Disneyland, et puis la Toyota Super Saloon de M. Enomoto entra dans Tokyo.

Chapitre 8

TOKYO 102

Marc n'avait plus aucune idée de l'heure qu'il était. Après un vol qui avait duré au moins sept heures, il était arrivé en Alaska une heure avant l'heure de son départ de Paris qu'il avait quitté vers treize heures pour atterrir à Anchorage vers midi le même jour, et il venait d'arriver à Tokyo vingt-cinq heures plus tard que l'heure du décollage d'Anchorage. Il avait franchi la ligne de changement de date à l'est de la Sibérie. Dans l'avion, il avait fait jour tout le temps. Le menu imprimé indiquait, dans l'ordre, déjeuner, dîner et petit déjeuner mais dehors on aurait dit que le temps s'était arrêté vers midi moins le quart. Le changement de date faussait tous ses calculs. Il voulut se baser sur l'heure de Paris. Quand il est minuit à Paris, il est deux heures de l'après-midi à Anchorage et sept heures du matin à Tokyo mais pas du même jour. En remontant dans l'avion après l'escale d'Anchorage, il avait eu l'impression que le voyage était presque fini alors que la moitié du trajet restait à faire. Ayant atterri à Tokyo à quatorze heures cinq, il ne comprenait plus rien.

Sa montre marquait huit heures et il ne savait pas si c'était du matin, du soir, du mardi, du mercredi ni de quel pays parce qu'il ne savait plus s'il avait changé l'heure en cours de route. Il y avait de quoi se sentir détraqué mais il se sentait bien. Il vérifia l'heure à la montre du chauffeur de M. Enomoto, lequel venait d'annoncer qu'on roulerait dans Tokyo en pleine heure de pointe, « *rush hour, rush hour, very bad* ». Au Japon, on roulait à gauche : c'était sans doute pourquoi on avait appelé le Japon l'Angleterre de l'Asie. Chaque fois que la voiture était obligée de ralentir ou de s'arrêter, Marc était ravi. Il était partagé entre l'envie de déchiffrer les mots qu'il devait se contenter de voir sur les enseignes ou les panneaux publicitaires et le plaisir de constater que ce mélange de caractères chinois et japonais marquait les façades de style occidental comme on marque du bétail ou comme les bibliophiles collent des ex-libris à la première page des livres qui leur appartiennent. La ville de Tokyo avait fait ses emplettes par correspondance, piochant dans l'énorme catalogue d'une architecture et d'un urbanisme que l'Occident avait mis au point à la sueur de son front au cours de tant d'essors et de reculs.

Des autoroutes, au lieu d'aider à quitter la

ville, permettaient de s'y enfoncer. Il y avait les immeubles, une autoroute qui passait par-dessus les toits et puis une autre autoroute qui enjambait la première avant de plonger dans un tunnel. Sous les autoroutes on avait réussi à caser de minuscules boutiques que signalaient des guirlandes de fleurs en papiers mauves et roses. Il y avait des panneaux peints, des banderoles, des lanternes. Dans le catalogue de l'urbanisme européen, la clientèle japonaise avait choisi selon des critères qui relevaient autant du caprice que du besoin. Même si ce n'était qu'une première impression, Marc fut séduit par ce je-m'en-fichisme. Il compara une ville occidentale à un magasin de jouets et Tokyo à une chambre d'enfant où on aurait retrouvé les jouets dispersés dans tous les coins.

M. Enomoto fit allusion à la violence des luttes qui avaient opposé les gardes mobiles aux paysans que le gouvernement avait expropriés pour construire l'aéroport international de Narita. C'était pendant la guerre du Vietnam. Les avions civils japonais transportaient les troupes américaines. Un hôpital de la Croix-Rouge avait été réquisitionné à l'usage exclusif des blessés américains. Les géomètres qui tentaient de mesurer les terrains du futur aéroport avaient été reçus à coups de pierre. Des étudiants avaient soutenu les paysans, logeant dans leurs fermes et donnant des cours à leurs enfants.

Le plus jeune frère de M. Enomoto avait milité dans un groupe marxiste. M. Enomoto se souvenait que lui-même avait manifesté dans les années cinquante contre le gouvernement qui avait voulu contrôler les manuels scolaires.

La pluie avait cessé. Marc essaya de se rappeler où il avait déjà vu la même lumière. C'était dans des films. La lumière de Tokyo était celle que restitue la pellicule Eastmancolor quand on a mis plusieurs filtres devant l'objectif. « Nous allons passer par le port », avait dit M. Enomoto. Marc aperçut la baie de Tokyo, des quais et des tankers. C'était la lumière de l'océan Pacifique.

M. Enomoto montra du doigt une tour métallique que Marc prit pour une espèce de tour Eiffel minable. M. Enomoto précisa que cette tour était plus haute que la tour Eiffel. Il avait l'air satisfait de la montrer à quelqu'un qui vivait à Paris : « Elle mesure trois cent trente-trois mètres. »

Marc, qui n'avait jamais réservé une chambre d'hôtel de sa vie, en prit une dans le même hôtel que Wolfram, un des hôtels les plus grands du monde. Il aurait préféré une auberge japonaise traditionnelle, toute en bois et dissimulée dans un jardin, avec une véranda où l'aurait accueilli une jeune femme en kimono qui lui aurait servi du thé vert avant de lui montrer son bain et de l'aider à s'essuyer. Il fut content de prendre une douche et il trouva, près de la télévision, une bouilloire électrique avec du thé vert en sachets.

Les consignes de sécurité affichées dans la chambre expliquaient, comme partout, la conduite à tenir en cas d'incendie mais aussi en cas de *tremblement de terre*. Il téléphona à la réception et demanda quelle heure il était à Paris. Il répéta sa question en s'efforçant de parler anglais avec l'accent japonais. Il se crut dans un auditorium en train de rabâcher une phrase mise en boucle comme s'il doublait Mifune Toshiro dans *Les Sept Samouraïs*. La réceptionniste, dès qu'elle comprit ce qu'il voulait, répondit sans hésiter qu'il était très exactement neuf heures quarante du matin en France.

Les filles étaient parties à l'école depuis longtemps. Marie était peut-être encore là. Quand il lui avait promis de téléphoner dès qu'il arriverait, c'était moins dans le but de la rassurer que pour se rassurer lui-même, cette promesse lui permettant d'imaginer qu'il survivrait. Il composa le numéro. Il donna à Marie le téléphone et l'adresse de l'hôtel, déjà tout content à l'idée de recevoir une enveloppe sur laquelle figureraient ensemble son nom et celui du Japon. Ce fut pendant qu'il dictait l'adresse, *Kioi-cho*, *Chiyoda-ku*, *Tokyo 102*, qu'il réalisa qu'il se trouvait bel et bien au Japon. Pour entrer dans ce pays que les autres puissances tiennent pour le principal agent de déséquilibre économique mondial, il n'avait pas dû, comme aux siècles précédents, fouler aux pieds une image du Christ en croix. A

l'aéroport de Narita, il avait eu affaire à un
« Immigration Inspector » qui, ayant vu que
Marc s'était amusé à écrire en japonais, sur la
feuille de renseignements distribuée dans l'avion,
un des mots dont il savait déjà tracer les caractères, *sakka*, c'est-à-dire « écrivain », lui avait
demandé s'il comptait écrire quelque chose sur le
Japon. Marc s'était méfié, avait dit non et avait
bien vu qu'il décevait l'Immigration Inspector.

S'il devait écrire un roman qui se passe au
Japon, commencerait-il par le récit de son
voyage ? Il pourrait se servir des sensations qu'il
avait éprouvées en découvrant la petite terrasse
de l'aéroport d'Anchorage. Les passagers qui
débarquent à Anchorage sont frustrés. On les
confine dans un espace vitré sans air où on les
prie d'acheter en vitesse du saumon fumé et des
stylos Mont-Blanc au lieu de les laisser libres de
se promener dehors. Marc avait repéré un escalier qui donnait accès à une terrasse où il avait
aspiré et expiré le plus lentement possible, face
aux montagnes. Une femme était venue s'accou-
der à la balustrade de métal. Ils étaient les seuls à
avoir trouvé la terrasse. Il y avait peut-être là le
point de départ d'une scène de roman. Marc
n'avait pas voulu déranger cette femme qui avait
envie de regarder les montagnes sans qu'on la
regarde. Elle avait l'air d'avoir dans les vingt-
quatre, vingt-cinq ans. Il la reverrait peut-être
dans une des boîtes de Tokyo dont on lui avait

donné les noms à Paris, le *Cleo Palazzi* par exemple. Elle portait très bien une robe en jersey prince de galles. Dans un article, Marc avait écrit que le vêtement est le sparring-partner du désir. « Sparring-partner, avait dit un secrétaire de rédaction, est-ce que les gens vont comprendre ? » Marc avait mis à la place : « Le vêtement est le soutien du désir. » C'était plus ordinaire.

S'il écrivait un roman qui se passe au Japon, il ne faudrait pas accabler les lecteurs avec des histoires de boîtes de nuit. Le premier roman de Marc, *Les Nouvelles Aventures de Salomé*, en était rempli.

Le personnage principal de son prochain roman pourrait prendre l'avion pour le Japon avec une femme qu'il aurait rencontrée deux jours avant. Cette femme lui aurait tourné la tête et il l'aurait invitée à partir avec lui. A peine arrivés à Tokyo, ils ne se supporteraient plus. Ensuite, il n'y aurait qu'à décrire le héros du roman qui se promènerait seul, pendant des semaines, jour et nuit, dans les rues de Tokyo ou d'Osaka.

Marc avait ouvert les rideaux et regardait le soleil devenir rose orangé. Il n'avait pas envie de descendre tout de suite dans des rues où il redoutait de se perdre. Il fallait qu'un certain travail se fasse en lui et qu'il se prépare à découvrir le Japon. Jusqu'à présent, de l'aéroport à l'hôtel, il n'avait été qu'un touriste. Dès qu'on entre dans un lieu où on se comporte en touriste, le lieu n'existe plus en tant que tel. Il devient un lieu qu'on visite.

Quand un touriste arrive à Tokyo, se disait Marc, Tokyo se volatilise : la ville devient une date dans un agenda, une série de cartes postales que ce touriste enverra, des souvenirs qu'il achètera. Des souvenirs ! On achète des souvenirs du présent ! Marc voulait oublier le jour de son arrivée et ne pas penser qu'il aurait à repartir.

Il descendit pour essayer de trouver des revues japonaises et dans le hall de l'hôtel il découvrit une petite librairie où il passa presque une heure à regarder des albums. Il acheta des traductions anglaises de poèmes chinois.

En examinant la facture de la librairie, sa première facture japonaise, il apprit qu'il n'était pas en 1988 mais dans l'année 63 de l'ère Showa. La libraire lui expliqua que le nom de Showa serait le nom posthume de l'empereur actuellement régnant. « Sho » pouvait se traduire par Lumineux, « Wa » par Harmonie. C'était pendant cette ère de lumineuse harmonie que le Japon avait mis Nankin à feu et à sang et s'était jeté dans la guerre du Pacifique.

Chapitre 9

LE PAYS DE IKKU

Il décida de sortir. Dehors, il y avait une file de taxis plus longue que devant une gare. Les chauffeurs avaient tous des gants blancs. Marc aurait pu prendre un taxi mais comment aurait-il expliqué au chauffeur qu'il voulait aller nulle part et partout ?

Ce serait bientôt la tombée du jour et il se demanda si les crépuscules duraient longtemps au bord du Pacifique. Il n'avait encore jamais vu tant de gens à la fois dans les rues. Il se rappela que Tokyo était déjà une des villes les plus peuplées du monde deux siècles plus tôt. A Paris, un ami japonais l'avait prévenu qu'au Japon, ce qu'on voit, c'est beaucoup de Japonais. Il avait trouvé cette remarque plutôt simplette et maintenant il comprenait. La plupart des choses dont il était sûr se résumaient en phrases plus faciles à affirmer qu'à vérifier. Il eut l'occasion de vérifier séance tenante que le principal environnement de l'homme, ce ne sont pas les espaces verts mais les autres hommes. A un carrefour, il laissa passer la foule et attendit le prochain feu comme il faisait dans le métro à Paris quand il laissait passer une rame trop bondée. Il se retourna : une foule s'était instantanément reformée en silence derrière lui. Il fut entraîné par le flot des piétons. Il éprouva une sorte de bien-être à faire partie de cette foule.

Il n'avait regardé aucun plan de la ville et il ne savait pas où il était. Il craignait de perdre la notion exacte de son point de départ et d'être incapable d'y revenir, sachant qu'il lui serait difficile de se repérer sur des points fixes que l'excitation due à la nouveauté lui ferait oublier. Il entra dans une rue étroite où il faillit percuter un vieil homme à vélo qui tenait son guidon d'une main et de l'autre maintenait au-dessus de sa tête un plateau sur lequel étaient posés des bols de soupe fumante. Il regarda s'éloigner le cycliste qui se faufilait entre les piétons avec une maîtrise qui aurait dû le faire applaudir par tous, mais personne n'avait l'air de l'avoir remarqué. Il n'y avait que des bars et des restaurants dans la rue. Marc avait lu qu'il y a deux cent mille restaurants à Tokyo. Les façades disparaissaient sous un fouillis d'enseignes lumineuses pleines d'idéogrammes chinois, de caractères japonais, de lettres latines et de chiffres arabes.

L'appréhension de ne plus retrouver son chemin s'atténuait au fur et à mesure qu'il était attiré par des passantes que son système nerveux, obligé d'aller vite à cause de la fatigue, trouvait de plus en plus belles. Il les observait en superposant les images qu'il recevait d'elles à des souvenirs qui lui revenaient à l'instant même, souvenirs des faits et gestes d'héroïnes de romans japonais qu'il avait lus, femmes décrites une fois pour toutes par quelques écrivains des années ou des siècles précédents. Quand il pensait aux femmes qu'inventent les écrivains, Marc devenait bouddhiste et voulait croire en leur réincarnation dans des êtres vivants.

Quand il dévisageait une passante dans une rue de Tokyo, ce n'était pas comme en Europe où il avait appris à décrypter la réponse et où il regardait les femmes d'une manière qui serait inopérante au Japon. Son désir dépendait d'une conception occidentale et stéréotypée du corps féminin. Son œil avait pris l'habitude de transmettre au cerveau, qui en informait le sexe, des images convenues de la femme. Ces images provenaient d'un arrangement entre la recherche par Marc de femmes ressemblant à celles qu'il avait déjà connues et la pression d'une société qui entend garder le contrôle, par tous les moyens, de l'image de la femme à laquelle le citoyen reçoit la permission de rêver. Quand Marc se retournait sur une femme, même s'il ne voulait pas l'admettre, c'était moins pour contempler une inconnue que pour retrouver en elle le souvenir de plaisirs plus anciens et pas nécessairement sexuels. La silhouette d'une femme pouvait aussi bien lui rappeler la joie d'un départ ou la lumière d'un ciel. Il pensait qu'on ne s'intéresse pas à quelqu'un qui ne vous rappelle rien. Il avait beaucoup de mémoire et il regardait beaucoup de femmes.

Etait-ce l'œil qui prenait la décision de retenir telle ou telle image, ou bien était-ce le sexe qui formulait des demandes que l'œil satisfaisait de son mieux ? Le sexe, pensait Marc, est plus rabâcheur que l'œil. Il est moins inventif. L'œil, qui est un aventurier, est trop dépendant du sexe. Toujours à la recherche d'excitations lumineuses, l'œil n'est jamais pris de court. L'œil est désinvolte, élégant. Il est italien, il a le sens de l'*improvviso*. Le sexe, à côté... Un ruminant. Quel répétitif ! Et l'œil qui se soumet, se restreint, se limite...

Dans les rues de Tokyo, Marc était surpris, n'ayant plus les points de repère auxquels il s'était habitué en Europe, où les femmes ont des façons d'être qui lui permettent de croire qu'il comprend quelque chose à leur psychologie.

S'il écrivait un roman qui se passe au Japon, le personnage suivrait des femmes dans la rue. Il ne leur parlerait pas et d'ailleurs il serait bien en peine de se faire comprendre. On apprend toujours quelque chose en suivant une femme dans une ville où on n'a soi-même aucune raison de s'engager dans une rue ou dans une autre. Marc l'avait parfois fait. Il estimait que les femmes aident à comprendre une ville.

Il observa un groupe d'hommes en kimono. Ils étaient exubérants. Ils firent coulisser la porte d'un bar. Marc entendit quelques accords de koto, un instrument qu'il connaissait grâce aux disques. Il espérait trouver au Japon des disques de Miyagi, qui passait pour le plus grand interprète de koto du siècle et qui était mort en tombant d'un train en marche. Il était aveugle.

Marc continuait de s'éloigner de son hôtel. Pour lui, les chambres d'hôtel étaient comme des symboles de la mère dispensatrice de sécurité. Il reculait toujours le moment de rentrer et s'épuisait à marcher jusqu'à ce qu'il tombe de fatigue.

Il lui fallut du temps pour se rendre compte qu'il y avait des restaurants différents à chaque étage des buildings. Parfois, plusieurs bars se trouvaient au même étage. Il y avait aussi des pancartes qui signalaient des bars et des restaurants en sous-sol. Il remarqua une jeune fille qui sortait d'un restaurant. Le mot *Vaisselle* était brodé en majuscules au dos de sa veste. Marc avait été surpris de retrouver ce substantif français dans une rue de Tokyo. Plus loin, un bar s'appelait *Frimousse*, un autre *Accolade*, des mots qui avaient l'air de sortir d'une lettre de Pierre Loti à Madame Chrysanthème et qu'on avait dû choisir en raison de leur charme graphique insoupçonné de l'Académie française. Ils étaient accompagnés de leur traduction ou transcription que Marc était contrarié de ne pas savoir lire. Il avait apporté une grammaire et il s'était mis à apprendre dans l'avion les deux alphabets japonais qui proposent chacun une façon différente d'écrire la même cinquantaine de syllabes. Sur un boulevard, il s'approcha de la vitrine d'une boutique de confection pour hommes qui s'appelait *1/2 Baguette*.

Les ruelles de Tokyo avaient un côté bordélique qui le fit songer à Naples. Pourquoi ne photographiait-on pas ces ruelles dans les revues d'architecture ? C'était plus marrant que les immeubles post-modernes.

Il retrouva son hôtel sans l'avoir fait exprès. Il ressortit dîner avec Wolfram et les collaborateurs de M. Enomoto. Wolfram répétait le lendemain la Septième de Beethoven avec un orchestre japonais. Pour lutter contre la fatigue, Marc avait bu beaucoup de saké. Quelqu'un avait dit que la température idéale pour servir le saké est la tiédeur qu'il y a entre les cuisses d'une femme. On n'avait invité aucune femme à ce dîner. Marc avait fait parler les Japonais de l'empereur Meiji et de l'ouverture de leur pays à l'Occident, une époque précédée de famines, d'émeutes et d'années de guerre civile. Il faut venir sur place pour se sentir concerné par l'histoire d'un pays. On se satisfait trop de lieux communs mis au point par des manuels scolaires dont le but est d'éteindre la curiosité, comme s'il suffisait de savoir ce qu'ils disent pour comprendre la marche de l'histoire, mais l'histoire ne marche pas, elle boite, pensait Marc.

Il avait préféré rentrer seul. Il y avait toujours beaucoup de monde dehors et pourtant les rues étaient calmes. Les promeneurs ne se permettaient pas d'imposer aux autres l'affirmation outrancière de leur personne.

Des fleurs en papier étaient accrochées le long d'une façade où des idéogrammes en néon s'allumaient et s'éteignaient. C'était un établissement de pachinko, une des rares choses que le Japon n'avait heureusement pas encore exportées. Beaucoup de joueurs étaient des gens âgés qui sommeillaient devant les machines à sous.

Il prit une passerelle et aperçut un temple de l'autre côté de l'autoroute. Au fond d'une allée se tenaient face à face deux renards en pierre. Ils avaient des bavoirs rouges autour du cou. Marc les regarda pendant un long moment. Au Japon, le renard est un messager divin, comme le daim, le singe et le héron neigeux.

Arrivé devant son hôtel, il se dit tout à coup que c'était celui où était descendu Mortimer dans *Les 3 formules du professeur Sato*, une bande dessinée qu'il avait lue avec ses filles. Il voulut leur téléphoner pour qu'elles vérifient tout de suite si c'est bien à l'hôtel New Otani que

Mortimer arrive juste après avoir failli mourir dans l'avion d'Olrik.

Il n'eut pas la force d'aller voir à quoi ressemblaient les bars de l'hôtel. Quand il appuya sur le bouton de son étage, une jeune femme se glissa dans l'ascenseur. Elle vint se serrer contre lui et lui arracha des mains la clé de sa chambre. D'une voix agressive, elle dit : « *I make love to you, I am nice girl. Not expensive.* » La porte de l'ascenseur s'ouvrit et la jeune femme regarda prudemment à l'extérieur avant d'entraîner Marc dans le couloir. Elle avait toujours la clé. Marc lui demanda comment elle s'appelait. Elle était née aux Philippines, à Quezon City, la capitale, et elle dit qu'elle s'appelait Mercedes. Ils arrivèrent devant la chambre. Marc lui expliqua qu'il était mort de fatigue. Il récupéra la clé. Elle s'agrippa à lui et recula quand elle entendit quelqu'un tousser dans le couloir. Marc ferma la porte devant elle. Il ne l'entendit pas repartir. Elle resta un long moment à gratter à la porte : « *Sir, open to me, please.* »

Marc trouva sur son lit un kimono léger en coton. Il s'allongea et ferma les yeux en pensant qu'il était dans le pays de Ikku, un de ses écrivains préférés qui dépensait tout son argent à se saouler dans les quartiers de plaisir et qui peignait sur le papier blanc des parois de sa maison les meubles qu'il ne pouvait pas s'acheter. Si Ikku avait rencontré une prostituée dans un ascenseur, il serait maintenant en train de boire du saké avec elle. Il avait demandé qu'après sa mort on brûle son corps sans le laver. Il avait insisté pour être brûlé exactement dans l'état où on le trouverait. Ses amis assistèrent à la cérémonie et, quand les flammes s'élevèrent, des éclairs multicolores partirent dans tous les sens : Ikku avait dissimulé dans ses vêtements des pétards et autres pièces de feu d'artifice.

Chapitre 10

EST-CE QUE LA MORT
VOUS OUBLIE?

Marc retourna souvent flâner dans l'enceinte du temple où il avait vu, le premier soir, les renards en pierre avec leurs serviettes de bébé autour du cou. Une multitude de lanternes en papier, serrées les unes contre les autres, signalaient le pourtour du temple. Sur chaque lanterne, le dessin d'une céréale stylisée rappelait la publicité d'une marque de bière allemande, mais si la brasserie bavaroise avait stylisé de l'orge, le dessin des lanternes signalait que le temple était dédié à la déesse du riz.

La nuit venue, les lanternes opposaient leur lumière indécise à celle des phares et des feux rouges des voitures qui freinaient avant de s'engager dans les rues d'en face où clignotaient les enseignes des night-clubs d'Akasaka, le *Crystal Room*, le *Gipsy*, le *Mikado*, le *New Pagoda*. Les lanternes délimitaient un espace sacré, en tout cas un espace calme, sur lequel veillaient les renards, messagers de la déesse Inari. Il y avait autant d'alcool dans le temple que dans n'importe lequel des night-clubs qui l'entouraient. Les fidèles offraient à la déesse du riz des bouteilles ou des tonnelets de saké, le saké étant un alcool de riz. Les moines finissaient-ils par boire eux-mêmes tout cet alcool ou le revendaient-ils aux restaurants des environs ?

Avant de venir au Japon, Marc s'imaginait qu'un temple était un simple bâtiment au même titre qu'une église ou un hôtel de ville, mais dans les temples qu'il avait vus, on avait accordé plus de place aux jardins qu'aux édifices, le plein air étant aussi propice au culte et à la méditation que les lieux fermés.

Dans le temple aux renards, il s'était lié d'amitié avec la patronne d'une échoppe construite à côté d'une sorte de bungalow où un vieux moine attendait qu'on lui demande de calligraphier des prières. Elle vendait de la nourriture et des bondieuseries, renards en plâtre, renards en porcelaine, petits autels en bois blanc et miroirs en métal. Le temple semblait être un temple bouddhique mais les objets de piété étaient des emblèmes shintoïstes. Marc savait que les deux religions avaient coexisté pendant des siècles avec des hauts et des bas. L'empereur Meiji avait fait du shintoïsme une religion d'Etat qui avait vite tourné au Mikadoïsme : le Mikado, empereur du Japon, étant considéré comme une divinité pendant sa vie et après sa mort. Chez un bouquiniste, près de l'université Meiji justement, Marc avait trouvé un essai sur le Shinto publié dans les années trente, où il était question de « la sublimité incomparable de la conception religieuse que se fait le Japonais du dévouement à l'Empereur ». Cet ouvrage de propagande pour une religion nationale avait été traduit par la Maison Franco-Japonaise de Tokyo et édité à Paris sous les auspices du musée Guimet. Il avait acheté le livre en se disant que ce serait de la documentation s'il écrivait un jour un roman qui se passe au Japon. Il avait coché une série de phrases plutôt surprenantes : « Aucune autre religion au sens où nous le disons du Shinto n'existe encore comme religion nationale, en rapport étroit avec une seule nation qui aurait toujours été la même, ni avec une seule dynastie qui aurait toujours été la même. »

A la patronne de l'échoppe, une robuste sexagénaire toujours en train de rire, Marc avait acheté un petit renard en plâtre et elle s'était moquée de lui avec un autre client avant de lui faire comprendre que les renards s'achetaient toujours par paires. Marc avait acheté une pomme qu'il avait mangée tout de suite sans voir que les fruits étaient vendus pour être déposés en offrande devant les sanctuaires où étaient vénérés les kami ou les boddhisattvas. Sur le temps de midi, la patronne installait quelques tables basses à l'intérieur de sa boutique et servait, aidée par sa fille, des pâtes, des algues et du riz à des employés du quartier. Marc avait déjeuné là plusieurs fois. Il était le seul étranger. La patronne lui avait demandé s'il était professeur. Elle connaissait quelques mots d'anglais et disait *Goodbye* pour dire bonjour.

Apprenant que son client était écrivain, elle avait fouillé dans un amas de boîtes en carton pour en extraire une dizaine de feuilles de papier qu'elle avait offertes à Marc. C'était un papier mat et très lisse sûrement fabriqué à la main. Pour la remercier, Marc lui avait donné une petite coupe à saké en bois laqué rouge qu'il avait trouvée chez un brocanteur avant de venir au temple. La patronne, apportant de l'encre et un pinceau, avait insisté pour qu'il écrive quelque chose devant elle sur une des feuilles de papier. Il avait préféré son stylo à cartouche et, devant un cercle d'observateurs attentifs, s'était appliqué à écrire un poème d'Apollinaire qu'il connaissait par cœur :

> *Dans vos viviers, dans vos étangs,*
> *Carpes, que vous vivez longtemps !*
> *Est-ce que la mort vous oublie,*
> *Poissons de la mélancolie ?*

La feuille de papier était passée de main en main et chacun avait fait à Marc des compliments qu'il n'avait pas compris. La carpe était un symbole de bonheur et de longévité au Japon mais il n'avait pas réussi à expliquer que le poème parlait des carpes. On lui avait demandé de le lire à haute voix. Un petit vieux qui était resté dans un coin du magasin avait récité à son tour un poème japonais. Le lendemain, Marc avait vu que sa page d'écriture était exposée dans la boutique à côté d'une carte postale de l'Empire State Building. Le moine préposé aux calligraphies officielles, qu'on avait dû mettre au courant dans l'intervalle, lui avait adressé un grand sourire.

Le temple s'appelait très exactement l'*Akasaka Tokyo Toyokawa Inari Temple Complex*. Ce n'était qu'une des « succursales » d'un temple zen qui se trouvait à deux cents kilomètres de là. Le mot *Complex* semblait justifié par un bâtiment qui ressemblait à une gare de chef-lieu et que Marc avait pris pour les bureaux d'une compagnie d'assurances. On pouvait louer ce bâtiment pour y organiser des concours de calligraphie ou des banquets de mariage. Il était laid mais ce n'était pas le moment pour Marc de faire la fine bouche : ce temple était le premier qu'il voyait, c'était « son » temple, autant dire l'église de sa paroisse. Chaque fois qu'il avait affaire à un édifice consacré au culte, Marc se sentait à l'aise. Il se considérait comme un expert en la matière, ayant été enfant de chœur. Il avait été louveteau et enfant de chœur. Il avait connu la grâce

113

sanctifiante et la fraternité scoute. Ayant servi la messe pendant des années, l'outillage dont se servaient les prêtres, les rabbins, les pasteurs, les popes et les imams du monde entier ne l'impressionnait plus. Il avait allumé et éteint des cierges, épousseté des statues, plié des chasubles, sonné les cloches et fait la quête. Avec son surplis blanc, il avait tenu la hampe surmontée d'une croix en argent pendant de nombreuses processions, des baptêmes et des enterrements. Il avait passé le plumeau dans des confessionnaux.

Il avait servi la messe avec la ferveur qu'il mettait à jouer aux Indiens et aux cow-boys, et il avait couramment discuté avec Dieu et Sitting Bull. Il avait guetté avec la même tension le moment d'agiter la sonnette dès que l'hostie deviendrait le corps du Christ et le moment de brandir son tomahawk quand il apercevrait les premiers soldats yankees dans le jardin du Luxembourg. La religion était un des meilleurs souvenirs de son enfance. Quand il racontait à ses filles qu'il avait été enfant de chœur, elles étaient très intéressées et le regardaient comme s'il leur avait dit qu'il avait tourné dans une comédie musicale.

Pour devenir un bon enfant de chœur, c'était comme pour la danse ou le tennis, il fallait commencer très jeune. Personne ne servait d'emblée la grand-messe du dimanche. Marc avait débuté comme stagiaire à l'église de sa paroisse. Il avait commencé par servir des messes basses dans une chapelle latérale. Il y avait deux enfants de chœur pour chaque messe et il avait longtemps été celui des deux qui ne fait rien. Il ne portait pas les burettes, il n'allait pas chercher le missel du côté de l'épître pour le porter du côté de l'évangile, il n'était pas autorisé à se servir de l'encensoir ni des sonnettes. Il était là pour la symétrie. Il avait le droit de répondre en latin en même temps que l'autre enfant de chœur quand le prêtre disait *Dominus vobiscum* ou *Ite missa est*. Il avait attendu un an et demi avant de pouvoir se servir des sonnettes. C'était devenu son but dans la vie. Il se moquait d'avoir de bonnes notes en géographie, l'important était de pouvoir agiter les sonnettes au moment de la Consécration. Le prêtre élève la grande hostie : sonnettes ! Le prêtre repose l'hostie sur la patène, tout le monde baisse la tête, le vin va devenir le sang du Christ, le prêtre va élever le calice : sonnettes, sonnettes ! Ni trop tôt, ni trop tard ! Cela demandait de la concentration, du doigté, un grand sens du rythme.

Pendant des années, trois fois par semaine, été comme hiver, Marc avait dû se lever le premier pour servir la messe de sept heures du matin. Il mettait ses snow-boots ou ses sandalettes et partait à jeun dans les rues. L'hiver, dans le noir et dans le froid, il se sentait tout maigre et s'enroulait dans sa cape. Il enfilait une soutane

115

rouge dans la sacristie mal chauffée où l'odeur de l'encens était exaltante. Il réussissait parfois à mettre dans ses poches des hosties non consacrées qu'il échangerait contre des timbres pendant la récréation, car il était aussi philatéliste.

Marchant devant le prêtre, il sortait de la sacristie tout endormi et il s'inclinait devant le tabernacle doré en pensant déjà qu'il allait se tromper dans le *Confiteor*. Les prières au bas de l'autel décidaient du style d'une messe, et le *Confiteor* était sa bête noire. Quand il avait un trou de mémoire, il articulait un tas de voyelles pour donner l'impression qu'il continuait de réciter du latin. Il s'était toujours demandé si les prêtres s'en rendaient compte. Après la messe, il se dépêchait de rentrer à la maison et trempait ses tartines dans un bol de café au lait avant de repartir pour le collège.

Un dimanche de Pentecôte, il avait servi la messe avec le chef des enfants de chœur, un gros lard que tout le monde appelait Brioche parce que son père tenait une boulangerie. Trois ans plus tôt, c'était Brioche qui avait préparé Marc à sa première communion, lui montrant comment avaler l'hostie sans la toucher avec les dents.

Avec Brioche, les messes étaient sans histoire. Marc se contentait de l'imiter. Brioche était un chic type. Quand il y avait une génuflexion à faire, il le signalait toujours un peu à l'avance.

Ce jour-là, Marc avait tenu la chasuble pendant

l'élévation, tout s'était bien passé, la messe allait bientôt finir. Le prêtre avait écarté les bras et avait dit : *Ite missa est.* Alors que Marc s'apprêtait à répondre machinalement *Deo gratias*, il avait entendu Brioche lancer d'une voix claire : *Oh, quelle chiasse !* Le prêtre, un vieux vicaire qui organisait chaque année le pèlerinage en Terre Sainte, s'était retourné vers Marc à qui son air ahuri donnait un air coupable.

A la sacristie, ce vieux vicaire, l'abbé Sallemart, plus connu chez les enfants de chœur sous le nom d'abbé Sallemerde, avait empoigné Marc et l'avait entraîné de force jusqu'à son confessionnal qui se trouvait de l'autre côté du maître-autel. Marc avait été obligé de faire une confession générale complète.

— Mais ce n'était pas moi ! C'était Brioche ! C'était lui ! Moi, je n'avais rien fait, racontera Marc une dizaine d'années plus tard à son psychanalyste, en versant finalement les larmes qu'il avait eu le cran de refouler dans le confessionnal.

Aurait-il pu prévoir qu'il revivrait avec une telle violence un épisode de sa vie qui ne s'était pourtant pas déroulé à l'époque de l'Inquisition ? Qu'il se retrouverait un jour sur un divan en train de raconter cette histoire, non seulement en pleurant, mais en retrouvant sa voix de petit garçon ? La séance l'avait épuisé. Le psychanalyste était resté impassible, son silence venant racheter ou du moins contrebalancer les questions du vicaire : « Tu as vu des choses obscènes ? Tu as eu envie d'en voir ? » Marc aurait voulu quitter le cabinet de l'analyste comme il avait voulu s'enfuir à toutes jambes loin du confessionnal.

— Alors, comme ça, avait dit le docteur, vous êtes allé à confesse avec l'abbé Sallemerde ?

Heureusement que la séance s'était arrêtée là. Marc, déjà stupéfait d'être ramené dans un confessionnal par la psychanalyse, n'aurait pas eu la force de se retrouver symboliquement assis sur un pot de chambre et d'affronter le stade anal.

Dans le temple d'Inari, il s'était arrêté plusieurs fois devant une sorte de guérite pour examiner les dessins d'un beau bois de menuiserie, sans doute du cyprès. Cette guérite abritait la tombe d'un magistrat qui avait étudié le zen et réorganisé le corps des sapeurs-pompiers de Tokyo quand Tokyo s'appelait Edo. La guérite ressemblait à un confessionnal et, trente ans après ses démêlés avec l'abbé Sallemart, Marc s'était demandé si ce vieux cul avait eu le temps de devenir chanoine honoraire avant de mourir.

Les pavillons aux toits de tuiles, inclinés et posés sur des charpentes visibles, s'éparpillaient entre des conifères et des arbres feuillus dont il ignorait les noms. Les grands arbres vert pâle étaient-ils des ginkgos ? Ils ombrageaient un cimetière où Marc avait vu pour la première fois des *sotoba*, ces planchettes sur lesquelles on trace au pinceau le nom posthume des défunts. Dans un autre temple où l'avait amené son nouvel ami M. Katano, un des assistants de M. Enomoto, il s'était fait traduire les noms posthumes attribués à deux petites filles mortes dans un accident de voiture : « Flocon de neige » et « Fantôme éblouissant ».

M. Katano avait invité Marc à dîner dans l'appartement qu'il partageait avec sa mère. A Paris, Marc avait entendu dire que les Japonais ne vous invitaient jamais chez eux, mais presque rien de ce que l'on lui avait dit avant de partir ne se vérifiait sur place. M. Katano continuait d'appeler Marc « Mr. Strauss » bien que Marc eût souvent essayé de l'appeler par son prénom, Masao. Il y avait renoncé et disait *Monsieur Katano* à la demande de son ami que l'usage du substantif français mettait en joie.

Depuis son arrivée à Tokyo, s'il allait dans un endroit précis, Marc partait longtemps à l'avance. Il s'était souvent perdu. Il était entré dans une banque en croyant que c'était un bureau de poste. Il avait cru entrer dans une gare et s'était retrouvé dans un grand magasin. Il avait demandé du thon dans un restaurant où on ne servait que des anguilles. Il avait confondu Yurakucho et Ikebukuro, Akasaka et Asakusa. Dans le métro, pour ne pas se tromper, il se disait : « Je descends à la huitième station », et puis, se laissant distraire, il oubliait de compter. Dans les trains de Tokyo, il avait mis plusieurs jours à se rendre compte qu'il laissait passer les gares où il voulait descendre parce qu'elles n'étaient pas indiquées sur le plan sommaire qu'on lui avait donné à l'hôtel.

Pour aller chez M. Katano, il fallait descendre à Bakuro-Yokoyama. Marc avait tout noté sur un morceau de papier : prendre la ligne Marunouchi à Akasakamitsuke, direction Ogikubo, changer à Shinjuku-sanchome, prendre la ligne Shinjuku direction Motoyawata, et descendre à la septième station, juste après Iwamotocho.

Il avait acheté une boîte de truffes en chocolat. Le métro était bondé mais il savait que ce serait inutile d'attendre la rame suivante dans laquelle il y aurait autant de monde. Il avait compris qu'il est impossible de vouloir s'isoler à Tokyo où chacun accepte la présence des autres par une sorte de cooptation permanente. Il ne supportait plus le métro parisien mais l'exotisme lui fit tout à coup trouver charmant celui de Tokyo.

L'immeuble où habitait M. Katano était près de la station et Marc aurait pu le trouver tout seul, mais M. Katano avait insisté pour venir le chercher, beaucoup de Tokyoïtes étant persuadés qu'un Européen ne peut que se perdre dans leur ville. Marc, que cela agaçait, ne leur donnait pas absolument tort. Les villes sont aux êtres humains ce que le labyrinthe est au rat de laboratoire. Un rien d'apprentissage et chacun s'y retrouve. La mémoire motrice fait des merveilles. Un rat blanc, privé de tous ses organes sensoriels, se promène comme chez lui dans un labyrinthe préalablement appris (expérience de Watson, 1907). Un être humain pourra se sentir chez lui dans une ville qu'il ne connaît pas (expérience de Marc Strauss, année 63, ère Showa). A force de dire que l'être humain se conduit comme un rat qu'on oblige à se conduire comme un être humain conditionné par d'autres êtres humains qui se conduisent comme des rats, on oubliait de dire que l'être humain pouvait aussi se conduire comme un papillon. Depuis longtemps, à l'opposé d'une époque qui avantageait les mammifères, Marc avait pris le parti des papillons, moins disciplinables et combien plus charmants. Il avait vu des migrations de papillons en Californie. Les papillons qui partaient avaient peu de chances de faire le voyage de retour, leur vie étant trop courte. Des essaims de plusieurs millions de monarques aux ailes jaunes ou blanches arrivaient du Canada en ayant triomphé des vents contraires, traversaient la baie de San Francisco et, avant de repartir pour le Mexique, s'endormaient en s'agglutinant le soir sur des arbres protégés par des lois fédérales. Dans le métro de Tokyo, Marc se disait que les voyageurs exténués ressemblaient à des papillons migrateurs plutôt qu'à des animaux de laboratoire.

121

En arrivant chez M. Katano, Marc avait quitté ses chaussures pour enfiler une des paires de *slippers* qui étaient à la disposition des hôtes dans l'entrée. L'usage des pantoufles devait être récent puisqu'on les désignait par un mot anglais. Elles servaient à cacher les trous dans les chaussettes et sans doute à se sentir plus *comfortable*, une autre notion importée.

Marc, sachant qu'il ferait des kilomètres à pied chaque jour, avait apporté des baskets mais il avait acheté des mocassins pour ne pas perdre du temps à dénouer ses lacets quinze fois par jour. Il admirait la technique des jeunes Japonais qui parvenaient à enlever et remettre leurs baskets sans défaire les lacets. Il avait appris l'existence d'un réseau d'officines qui fournissaient et recollaient à l'intérieur des chaussures de marque le bout de tissu portant la griffe du fabricant au cas où ce tissu devenait illisible ou se décollait, ce qui permettait de continuer à épater la galerie. Le même service existait pour les manteaux, les vestes, les chemises. Plutôt qu'un désir de bluffer, Marc voulait voir là un écho très assourdi de l'estime que le Japon a toujours eue pour les noms, les signatures et les sceaux.

Il avait donné sa boîte de truffes en chocolat à la mère de M. Katano. La vieille dame en kimono s'était inclinée plusieurs fois et le paquet avait disparu. Marc s'était rappelé que les Japonais n'ouvrent pas un cadeau en présence de la personne qui l'a offert. L'appartement n'était pas grand mais il en avait habité de plus exigus à Paris. Tout un mur était occupé par des haut-parleurs, deux magnétoscopes, des lecteurs de vidéodisques, des moniteurs, des cassettes. Les sept dieux du bonheur ne s'appelaient plus Benten, Hotei, Bishamon, etc., mais Sony ou Panasonic.

Marc trouvait amusant d'être en pantoufles chez des gens qui le recevaient pour la première fois. Il s'était dit qu'il en achèterait plusieurs paires pour ses invités dès qu'il rentrerait à Paris. Les rares fois où il se décidait à recevoir des amis chez lui, Marc dissimulait tout ce qu'il jugeait trop personnel et qui risquait de renseigner sur son travail en cours, et il mettait bien en évidence les objets, les photos, les livres susceptibles d'intéresser ceux qu'il attendait. Pour lui, c'était un martyre de voir ses invités dans les pièces où il travaillait et rangeait ses affaires. Il lui fallait ensuite des heures pour réussir à se concentrer de nouveau dans son propre appartement où d'autres étaient venus le distraire de ses pensées et avaient laissé, comme autant d'effluves magnétiques, les traces de leurs préoccupations qui n'avaient souvent rien de commun avec les siennes.

Par contre, il était ravi d'aller dans les appartements des autres, de les voir chez eux, de s'imprégner de leur atmosphère, de manger ce qu'ils mangeaient, de s'asseoir dans leurs fauteuils, d'examiner leurs bibliothèques. Il se retenait pour ne pas ouvrir les tiroirs et les penderies.

Avant de lui offrir une coupe de saké, la mère de M. Katano lui avait tendu une chaise, en disant : « Vous êtes gentil ! Vous êtes gentil ! » Parlait-elle français ? Elle connaissait sans doute quelques phrases. A tout hasard, il avait acquiescé. Elle avait continué : « Vous êtes gentil ! » M. Katano était intervenu : « Ma mère vous dit que cette chaise est de style *Regency*. »

M. Katano avait ouvert une bouteille de bordeaux et préparé des spaghetti pendant que sa mère proposait à Marc un des meilleurs assortiments de poissons crus qu'il ait jamais mangés. Même les morceaux de poulpe, dont il ne raffolait pas à Paris, lui avaient paru délicieux. Pendant le repas, afin d'honorer son invité français, M. Katano avait mis des disques d'Edith Piaf. Il aimait beaucoup la chanson *Les Amants d'un jour*. Marc, qui aurait voulu poser des tas de questions sur le théâtre nô, avait traduit en anglais « Moi j'essuie les verres au fond du café... »

Au moment du départ, M. Katano lui avait offert une petite estampe représentant une bouteille d'alcool de prune enveloppée dans une étoffe et il avait traduit à son tour une phrase tracée en caractères *hiragana* dans un coin de l'image : « J'ai été heureux d'inviter mon ami le poète qui a écouté le rossignol pendant que nous buvions de l'alcool de prune. »

Pendant le trajet de retour en métro, Marc avait eu l'impression de faire une gaffe quand il avait fredonné *Je vois la vie en rose* en présence de voyageurs qui avaient plutôt l'air de sortir, accablés, d'une conférence où Freud lui-même leur aurait rappelé que le plus dur sacrifice exigé par la société est de juguler nos tendances agressives. Au lieu de nous agresser les uns les autres, semblaient penser tous ces voyageurs en état de somnolence dans le métro de Tokyo, il vaut mieux que ce soit la civilisation qui nous agresse tous à la fois.

Chapitre 11

TOTO VEUT DIRE PAPA

Je vais beaucoup mieux depuis quelques semaines. Quand l'écriture va, tout va ! Je suis content de mes premiers chapitres. Je ne comprends pas ce qui m'empêchait d'écrire. J'ai frôlé la dépression ! Maintenant, il me faut relier le récit de l'agonie de Hideyoshi au reste. Peut-être mon Marc Strauss pourrait-il rencontrer un éditeur japonais qui lui proposerait d'écrire une biographie de Hideyoshi ? Marc pourrait aussi avoir une histoire d'amour avec cette vendeuse qui travaillait dans une des galeries marchandes d'Osaka, une des femmes les plus belles que j'aie jamais vues. Elle vendait des accessoires pour hommes, et moi qui ne mets jamais de cravates, je suis retourné deux fois lui en acheter une. Nous étions censés nous exprimer en anglais mais nos anglais semblaient deux langues différentes et j'avais l'impression d'être un Gaulois essayant de se faire comprendre d'une princesse persane. Elle s'appelait Akiko et elle était grande et mince. Elle

127

avait les cheveux courts, comme les statues grecques. Ses lèvres avaient une couleur que Marc pourrait comparer à celle des feuilles d'érables en automne, si cela ne fait pas trop bête. Je verrai. Quand elle me disait *Eric*, elle prononçait « Hélico ».

L'agonie de Hideyoshi me préoccupe davantage. Hideyoshi serait-il pour moi une image du père ? En décrivant son agonie, j'aurais alors agi vis-à-vis de mon père comme le sorcier qui enfonce des aiguilles dans une statuette qu'il veut envoûter ? Je suis curieux de relire le chapitre de ce point de vue. Si je n'avais jamais lu que les fils veulent surpasser leurs pères et n'osent pas se le permettre, y aurais-je seulement pensé ? Je parie que non, mais j'aurais quand même dû payer le prix, non pas pour avoir soi-disant surpassé mon père, ce qui n'a aucun sens, mais pour avoir osé ! L'audace est une vertu qui n'a pas la carrière qu'elle mérite. Elle vaut mieux que la foi, l'espérance ou la charité. Je manque souvent des quatre !

Quand je ressasse ma vie, je trouve qu'il y a de belles séances de psychanalyse qui se perdent.

Pour Hideyoshi, qu'est-ce que je fais ?

J'ai commencé un autre chapitre sur lui, d'après ses lettres publiées en anglais par une Italienne chez un éditeur de Tokyo. J'ai eu beaucoup de mal à me procurer ce livre au Japon : « Les livres étrangers publiés au Japon sont

128

boycottés par les Japonais, m'avait dit un journaliste américain en poste à Tokyo. Pour eux, un étranger doit publier à l'étranger, selon les définitions simples qu'on aime ici. »

Hideyoshi signait *Toto* les lettres qu'il envoyait à son fils. Toto veut dire papa. Déjà à cette époque, on avait le culte des cadeaux au Japon ! La plupart de ses lettres étaient accompagnées de cadeaux : des oies en cage, des paniers de mandarines, des pièces d'argent enveloppées une à une dans du papier de soie maintenu par un sceau officiel. Un des passe-temps favoris de ce redoutable chef militaire consistait à vendre à son entourage des concombres qu'il prétendait avoir cultivés lui-même.

Une nuit dans un bar de Kyoto, j'ai longuement parlé de l'époque de Hideyoshi avec un professeur d'université qui avait l'air si jeune que je l'avais pris pour un étudiant. Le nationalisme qui se manifestait de nouveau au Japon l'inquiétait. Hideyoshi l'intéressait pour avoir poussé au paroxysme cette obsession des Japonais d'être de petite taille : « J'aimerais pouvoir vous faire connaître un endroit qui est à présent férocement interdit à quiconque. C'est la villa du Nuage volant. Hideyoshi y résidait souvent. Dans la salle d'audience, le plancher monte doucement, le plafond aussi s'incline en pente douce, si bien qu'au fond de la salle, Hideyoshi pouvait donner l'impression qu'il était immense ! »

Je suis écrivain. 5.

Je n'arriverai jamais à raconter la vie amoureuse de Hideyoshi. Par comparaison, celle de Casanova est plus facile à résumer que la vie du curé d'Ars. Quand je me lance dans des histoires d'amour compliquées, les pronoms possessifs deviennent tout à coup mes pires ennemis.

Grâce à Hideyoshi, j'ai appris l'existence d'un jeu littéraire qui me remplit de joie et qui s'appelle « moji kotoba ». On écrit la première syllabe d'un mot à laquelle on ajoute *moji*. Aux autres de comprendre ! « Kotoba » veut dire « parole, mot », et « moji », je ne sais pas, « façon d'écrire, caractère » sans doute, c'est ici un simple suffixe. Les lettres de Hideyoshi sont pleines de moji kotoba. Une carpe se dit *ko-i*. Il écrivait : *ko-moji*. Honteux, c'est *hazukashii*. Il écrivait : *ha-moji*. Marc pourrait envoyer à ses amis des cartes postales en moji kotoba. « Je suis amoji à Tomoji » au lieu de « je suis arrivé à Tokyo ». « Mon promoji romoji se passe au Jamoji » : mon prochain roman se passe au Japon.

Si Marc décide d'écrire la biographie de Hideyoshi, — « la bimoji de Himoji », — je mêlerai dans les mêmes chapitres le récit de son voyage et les informations qu'il recueillera sur les faits et gestes de Hideyoshi. Je demanderai qu'on imprime en italiques ce qui concerne Hideyoshi. Il y aura un contraste entre un homme appartenant à l'Histoire et un autre homme occupé à vivre la sienne. En émiettant la vie de Hideyoshi, je ne tomberai pas dans une conception de l'histoire du style « apologie de l'individu ».

Il est sept heures du matin. Il fait très beau. Je suis à Paris. Sur le balcon, la première clématite s'est ouverte à la fin de la nuit. Je la regarde bleuir dans le soleil levant. Pour la première fois depuis longtemps, je me suis levé tôt. D'habitude, je commençais à avoir envie de dormir à cette heure-là. On sera bientôt en juin. Cet été, j'aimerais partir avec Sylvie. Mon livre sera fini. Elle veut qu'on loue une maison au bord de la mer. Sylvie se souvient-elle du soleil qui durcissait la mer en Grèce ? Le bateau progressait comme un couteau à pierre dans le marbre. Les souvenirs qui lient le plus profondément les êtres sont ceux qu'ils n'évoquent jamais ensemble. J'aurais voulu parler de la Grèce dans mon livre. J'ai souvent pensé à la Grèce quand j'étais au Japon. Athènes et Kyoto ! Tout le monde a l'air de trouver laides ces deux villes, mais les villes ne sont pas des garnitures de cheminée. Pour moi, ce sont des campements, même si on s'y installe pour quelques siècles. J'ai été heureux de marcher dans les rues d'Athènes et de Kyoto.

J'ai aussi pensé à l'Autriche quand j'étais au Japon, à la cacophonie de Naples, à la Provence d'où Van Gogh écrivait à sa sœur : « Je me dis toujours que je suis ici au Japon. »

Ce n'est pas un journal de voyage que j'écris,

mais un de ces livres que les Japonais appellent *matatabimono*. Demanderai-je à mon éditeur de remplacer, sur la couverture du mien, la mention « roman » par celle de « matatabimono » ? Les matatabimono sont des récits d'errance et de vagabondage. Ils donnent envie d'apprendre le japonais pour les lire. Tous les livres japonais que j'aime sont des textes courts. Dès que l'auteur suppose que le lecteur a compris, il n'écrit pas une ligne de plus.

Ayant passé plus de temps à regarder mes cahiers et mes stylos qu'à m'en servir, puis-je me comparer au lettré chinois qui avait toujours près de lui une cithare sans cordes sur laquelle il interprétait des mélodies muettes : « La saveur enfouie dans cette cithare me comble, disait-il. Pourquoi tout gâcher avec le son des cordes ? »

Je n'oublierai jamais mon voyage au Japon. Emporté par l'enthousiasme, j'écrivis sur une carte postale envoyée de Kyoto : « Le Japon casse ma vie en deux. » L'enthousiasme est à éviter dans les romans. Rien ne se démode plus vite. Se mettre à écrire avec enthousiasme devrait suffire. Une règle monastique impose aux moines revenus de voyage de taire ce qu'ils ont vu et entendu. Ce que j'ai appris au Japon ressortira-t-il un jour dans un livre où il ne sera pas question du Japon ? En attendant, allons retrouver M. Marc Strauss qui va prendre le train rapide Tokyo-Nagoya-Kyoto. Départ à midi, arrivée à 14 h 53.

Chapitre 12

LES PIVOINES
DU TEMPLE HASE-DERA

Depuis trois semaines, Marc se trouvait à Kyoto. La ville est entourée de collines. Il avait été prévenu : il serait déçu, la ville était laide. Les temples sont situés à flanc de colline, dans de grands bois de conifères et d'arbres feuillus. La cuvette de Kyoto avait failli recevoir la première bombe atomique, les militaires américains ayant trouvé là des conditions géographiques idéales pour étudier les conséquences de l'explosion. Les deux mille temples de Kyoto avaient eu raison des conseillers du président Truman et sauvé la ville appelée jadis Heian-kyo, « capitale de la paix et de la tranquillité », programme qu'elle n'avait jamais bien suivi.

Marc se sentait devenir de plus en plus japonais : il dormait peu. Il était effare par les horaires de travail qu'on lui avouait. Presque tous les Japonais qu'il avait rencontrés faisaient deux métiers. Quant au directeur de son hôtel, il lui avait dit : « Je travaille officiellement de neuf heures du matin à sept heures du soir, mais j'arrive vers six heures chaque matin et je repars vers minuit. La société me donne huit jours de vacances en août. Ce serait injurieux pour mes employeurs de leur laisser supposer que mon travail m'intéresse si peu que je suis capable de m'en éloigner pendant huit jours. Aussi, je ne prends que cinq jours. » Marc aurait aimé vivre au Japon mais il n'aurait pas aimé être l'un de ces nombreux Japonais qui, habitant à des heures de train de leurs lieux de travail, sont obligés de compter leurs heures de transport dans leurs heures de sommeil. Il avait appris l'expression *kansume* : boîte de conserve. On l'employait à propos des écrivains que leurs éditeurs enfermaient dans des chambres d'hôtel en passant chaque semaine prendre les chapitres terminés. Si Marc avait été un écrivain japonais, il aurait déjà publié trente romans ! Il s'était souvenu qu'au Moyen Age, en Europe, on ne travaillait que la moitié de l'année. Saint Thomas d'Aquin lui-même, dans sa *Somme théologique*, ne plaçait pas le travail sur un piédestal. Si on survivait en mendiant, ajoutait le saint, tant mieux. En France, avant la Révolution, il y avait environ cent cinquante jours de fêtes chômées par an. Etait-ce la même chose au Japon avant l'ouverture à l'Occident ?

Trois hommes ont dominé le Japon au XVIᵉ siècle de l'ère vulgaire, dite aussi ère de l'Incarnation. Ils avaient le même âge à quelques années près et ils exercèrent le pouvoir à tour de rôle, se survivant dans l'ordre de leurs dates de naissance, le premier assassiné par surprise, le second vaincu par des bactéries et le troisième tirant les marrons du feu. Ils auraient pu mourir dans l'ordre inverse. Voici l'ordre définitif : Oda Nobunaga, Toyotomi Hideyoshi, Tokugawa Ieyasu, un dictateur, un despote et un tyran, ou bien un tyran, un dictateur et un despote. Dans un délire d'alliances et de trahisons, ils mirent fin à une longue période de guerres civiles, unifièrent le pays, accumulèrent des fortunes, protégèrent les arts, se méfièrent des religions, tuèrent des religieux, beaucoup de bonzes, quelques jésuites. Ils firent brûler des temples et frapper des pièces d'or. On vit l'un introduire les armes à feu, l'autre confisquer les sabres des paysans. L'un construire des bateaux, l'autre empêcher qu'on s'en serve : Ieyasu décréta qu'il était interdit, sous peine de mort, de quitter le pays ou d'y entrer, ce qui évita au Japon de se retrouver un beau jour colonie espagnole ou protectorat hollandais.

Pour se faire bien voir, le jeune Hideyoshi attendait le retour de son maître Nobunaga en lui réchauffant ses sandales qu'il pressait contre sa poitrine. Hideyoshi était rusé. Il savait attendre. Il prit le pouvoir quand son maître fut assassiné par un autre que lui.

Après la mort de Hideyoshi, son fils aurait dû lui

succéder mais il périt dans le château d'Osaka incendié par les hommes de Ieyasu, le tyran sachant survivre.

La tombe de Hideyoshi devint un lieu de culte. Ieyasu fut lui aussi déifié, on l'appela Toshodaigongen, le grand héros divin qui éclaire l'Est.

Des guides touristiques ont trouvé un nouveau nom posthume pour Hideyoshi : le Napoléon du Japon.

Dans une histoire récente des Etats-Unis écrite par un professeur japonais, c'est un président américain qui est appelé le Hideyoshi des USA.

Marc s'assoupissait de plus en plus souvent dans le métro. Sur les quais bondés, à cent mètres sous terre, on diffusait des chants d'oiseaux qui rappelaient aux habitants de Kyoto qu'ils avaient le goût de la nature. Les escaliers roulants s'arrêtaient de fonctionner vers neuf heures du soir. On avait dit à Marc que la municipalité punissait ainsi ceux qui rentrent chez eux trop longtemps après les heures de travail.

Il n'était pas sensible à la prétendue laideur de Kyoto. Comme si une ville pouvait être laide ! Il s'épuisait à marcher. Il aimait que ses pas le conduisent dans des rues où il n'aurait jamais eu l'idée d'aller. Quand il voyageait, son corps reprenait de l'importance. A Paris, il se disait souvent : « Je n'aime pas la vie que je mène. » Il accusait Paris. Il pensait que rien ne légitime les grandes villes modernes. Et voilà qu'il était aux anges dans les rues de Kyoto! Il détestait l'idée d'être un touriste. Il n'était pas un touriste. Il était un enfant qui joue. Les villes sont des salles de jeux, se disait-il. Comme le jeu, le voyage est quelque chose d'essentiellement satisfaisant. On se livre à des constructions imaginaires à partir d'emprunts faits à la réalité extérieure.

Chaque jour, Marc voyait tellement de temples et de grands magasins qu'à la fin de la journée, il les confondait. Dans une galerie marchande, il s'était arrêté dans un minuscule sanctuaire où un prêtre shintoïste lui avait donné une effigie de Jizo, dieu protecteur des voyageurs et des enfants. C'était une minuscule poupée en feutrine grise. On avait dessiné les yeux et la bouche avec un marker.

De nombreux chroniqueurs rapportèrent que Toyotomi Hideyoshi était fou à la fin de sa vie. Il avait davantage de pouvoir que l'empereur, ce pouvoir l'avait rendu fou, la vue du sang le rendait fou, la vue de l'or aussi. Il s'apaisait à la vue des œuvres d'art qui lui appartenaient grâce aux vols, aux pillages, aux assassinats et aux suicides. Il n'était pas fou tout le temps.

Il était né dans un pauvre hameau au début de l'ère Tembun. Cette ère était la deuxième du règne de l'empereur Go-Nara. Chaque fois qu'un empereur était intronisé, il choisissait les deux caractères qui formeraient le nom d'une nouvelle ère. Ces noms étaient longuement cherchés dans les textes chinois les plus vénérés. Certains empereurs, au cours de leur règne, ont proclamé cinq, six et même huit ères différentes. Une ère en cours fut remplacée par une autre à cause d'un gallinacé. Un paysan offrit à l'empereur un faisan blanc. L'empereur décida que cet événement passerait dans l'Histoire et annonça la première année de l'ère du Faisan Blanc. Cinquante ans plus tard, un nuage bénéfique apparut dans le ciel de la capitale et l'ère du Nuage Promesse de Bonheur fut aussitôt publiée.

L'empereur qui a vu naître la gloire de Hideyoshi fut appelé Go-Nara à titre posthume. « Go », dans ce nom de Go-Nara, signale qu'il ne faut pas le confondre avec l'empereur Nara tout court qui est du reste mieux connu sous le nom d'empereur Heijo (il s'appelait Até mais on n'appelle pas un empereur, de son vivant, par son nom et les noms qu'on utilise sont toujours posthumes), le nom de Nara lui ayant été donné parce qu'après avoir abdiqué en faveur de son frère, lequel abdiquera en faveur d'un autre frère, lequel abdiquera en faveur d'un neveu dont certains disent qu'il était un quatrième frère, il voulut reprendre le pouvoir, poussé par sa femme qui, l'affaire échouant, fut contrainte de s'empoisonner. Nara fut appelé Nara parce qu'il avait dit

qu'il réinstallerait la capitale dans la ville de Nara :
il n'y parvint pas mais son nom posthume devrait
l'en consoler.

Le deuxième empereur Nara, Go-Nara (qui s'appelait de son vivant Tomohito) vit débarquer au
Japon, pendant l'adolescence de Hideyoshi, un de
ceux qui venaient d'aider Ignace de Loyola à fonder
la Compagnie de Jésus : le jésuite espagnol Francisco de Jassu, né au château de Javier, dont le nom
posthume est saint François Xavier.

Au moment de la naissance du futur Hideyoshi,
Henry VIII régnait en Angleterre où, devenu chef de
l'Eglise anglaise, il s'apprêtait à faire de Jeanne
Seymour sa troisième reine. Soliman le Magnifique,
sultan ottoman, après avoir menacé Vienne,
conquérait Bagdad. Charles Quint était, entre
autres, empereur d'Allemagne et roi d'Espagne. Au
Portugal, Jean III le Pieux encourageait l'Inquisition. La France de François Ier persécutait les
protestants. A Rome, le pape Paul III venait de
confier la chapelle Sixtine à Michel-Ange.

L'Occident débarquait au Japon avec le fusil et le
crucifix. Le crucifix donna aux Japonais l'idée de
crucifier les chrétiens et le fusil permit à Hideyoshi
de tuer plus vite plus d'ennemis.

Un grand seigneur du Nord-Est lui résista longtemps et finit par se rendre. S'étant converti au
catholicisme, il vint à la rencontre de Hideyoshi
avec une grande croix dorée sur laquelle il demanda
d'être crucifié parce qu'il s'était rebellé à tort.

Hideyoshi aimait raconter que sa mère l'avait envoyé comme novice dans un temple où il devait déposer de la nourriture en offrande devant la statue d'un dieu. Il s'était fâché contre la statue qui ne mangeait rien et il lui avait fendu le crâne, coupé les mains, cassé le dos. Il avait été renvoyé du temple.

Il y avait presque deux mois que Marc était au Japon. Il n'avait pas prévu de rester si longtemps. Les vêtements qu'il portait n'étaient plus ceux qu'il avait mis dans sa valise à Paris. Il aurait bientôt dépensé en téléphones avec Marie de quoi acheter un billet d'avion pour qu'elle le rejoigne. Elle venait de lui faire suivre un gros paquet de courrier et la lettre qui l'avait le plus intéressé était celle-ci :

« Cher Monsieur Strauss, vous allez peut-être penser que j'ai bien de l'audace de vous écrire, ne vous ayant pas été présentée, mais grâce à la télévision on connaît les célébrités. Et puis je pratique le même art que vous, et avec succès. J'ai 71 ans mais j'ai connu la gloire et cela m'est une douceur d'y penser.

« Je suis pensionnaire à la Maison de Retraite de Tollincourt depuis 14 ans, j'y suis devenue poète. Jusqu'à ce jour, j'ai fait 912 poèmes... Tous beaux. Ma petite-fille m'ayant offert un de vos livres, je vous envoie, je crois, un petit chef-d'œuvre. Je vous l'offre pour toutes diffusions dans des journaux sérieux de votre connaissance.

C'est mon 897e poème. Quelques lignes de vous me seraient bien agréables, je pense pouvoir espérer cette faveur en ma qualité de poétesse, de harpiste virtuose et de peintre d'aquarelles. »

Le poème n'avait pas le même charme que la lettre. Marc avait envoyé à la poétesse une carte postale représentant les pivoines du temple Hase-Dera.

Depuis son arrivée au Japon, il avait appris la mort de deux de ses meilleurs amis. L'un s'était suicidé. L'autre était mort subitement d'un arrêt du cœur en garant sa voiture. Ils avaient son âge. Dans un cimetière de Kyoto, Marc avait fait brûler de l'encens pour eux. Il avait écrit leurs noms sur deux baguettes en bois qu'il avait déposées dans une boîte où se trouvaient déjà de nombreuses baguettes similaires. Un moine les brûlerait pendant une cérémonie bouddhique à laquelle il n'assisterait pas. Les gens les plus pieux avaient déposé des fleurs devant la boîte. Marc avait dans sa poche des timbres de 60 yens représentant une fleur mauve dont le nom latin était inscrit à côté du nom en caractères chinois : *Lagotis glauca*. Il colla ses timbres sur la boîte à la mémoire de ses deux amis morts. On dit qu'on revoit toute sa vie juste avant de mourir. Marc savait désormais qu'au moment où on apprend la mort d'un ami, on revit tous les moments qu'on a passés avec lui. Il songea à rentrer à Paris. Il ne voulait pas que ses amis profitent de son absence pour mourir.

Dans l'ancien Japon, les voyageurs qui découvraient un mort sur leur route écrivaient un poème.

Aujourd'hui, je suis ici. Où serai-je demain pour dire que c'était hier ?

Chapitre 13

L'HOMME AUX LIVRES

Dans les restaurants, Marc montrait du doigt des noms de plats qu'il ne savait pas déchiffrer. Il aimait commander au hasard et voir ce qui arriverait. Il s'était toujours régalé. Un soir, ayant très faim, il avait commandé le plat le plus cher, qui serait sans doute le meilleur et le plus nourrissant. Le serveur avait eu l'air surpris. Marc se sentait vexé chaque fois que des Japonais lui faisaient comprendre qu'il s'aventurait dans une zone trop spécifiquement japonaise selon eux. S'agissait-il d'orgueil ou d'humilité? Lui disait-on : ceci est à peine bon pour nous, pauvres Japonais, — ou bien : vous n'êtes pas digne de cela, misérable Occidental? Un Japonais lui avait dit : « Vous êtes plus japonais que moi! » Etait-ce ironique? Fallait-il comprendre : « Libre à vous de vous amuser avec des vieilleries japonaises, moi je m'occidentalise... » ?

Dans des autocars bondés où il était le seul Occidental, Marc avait remarqué que les Japonais préféraient souvent rester debout plutôt que s'asseoir à côté de lui. Crainte de ne rien comprendre aux questions qu'il risquait de leur poser ? Mépris ? Racisme ? Quoi encore ?

Dans une agence de voyages de Tokyo, quand il avait demandé un billet de train pour Kanazawa, on lui avait répondu qu'il n'y avait pas de train pour Kanazawa et on lui avait conseillé le site touristique de Nikko. C'était comme si un Japonais demandant à Paris un billet pour Toulouse s'était vu proposer les châteaux de la Loire. Marc avait fait acheter le billet pour Kanazawa par un ami japonais qui avait demandé des explications : « Oh ! Le train pour Kanazawa n'est pas confortable ! Votre ami étranger risquait de s'ennuyer à Kanazawa. Nikko plaît aux touristes occidentaux. »

Le plat le plus cher du restaurant fut déposé devant lui. Le récipient était en bois et trois fois plus petit qu'un coquetier. Il souleva un couvercle minuscule sous le regard du garçon et des consommateurs des tables voisines, et, avec une petite cuillère de la taille d'une allumette, porta à sa bouche une infime partie du microscopique amas gluant qui reposait dans son coquetier pour maison de poupée. Après deux autres « bouchées », le plat était fini. D'après ses descriptions, on lui dit plus tard qu'il avait sans doute mangé les intestins crus et salés du poisson trepang. Il avait continué son repas en commandant du saumon grillé. Dans un autre restaurant, on lui avait servi de tout petits poissons qu'il fallait avaler vivants. Le plaisir consistait à les laisser frétiller quelques instants à l'intérieur de la bouche pour qu'ils vous chatouillent le palais.

Il faisait lourd et humide. La saison des pluies allait commencer. Marc espérait qu'il serait encore au Japon pour la mousson de juillet et les typhons de septembre. Il achetait souvent des parapluies. On en vendait à tous les coins de rue, comme les brins de muguet à Paris le 1er Mai. Il les oubliait dans les musées, les temples, les magasins, les gares et les bars.

Quand il visitait les musées japonais, les œuvres qui l'attiraient de loin s'avéraient presque toujours être des œuvres chinoises. La découverte du Japon ne serait-elle qu'une préface à la découverte qu'il ferait plus tard de la Chine ? Dans le port de Kobe, il avait regardé des navires qui appareillaient pour Shanghai.

On lui avait dit que les plus beaux temples bouddhiques ne se trouvaient pas au Japon mais en Corée. Il ne fallait pas trop parler des Coréens aux Japonais. Ils ne les aimaient pas.

Sans la pluie, le Japon ne serait pas le Japon. Les jardins des temples devenaient plus beaux quand il pleuvait. En feuilletant des albums de calligraphie chez un libraire de livres anciens, Marc avait trouvé que les écritures japonaises rappelaient la pluie plutôt que les herbes auxquelles on les avait déjà comparées. Le libraire lui ayant demandé ce qu'il faisait dans la vie, Marc avait répondu : « Je suis écrivain. » Le libraire lui avait alors montré une pierre à encre et un pinceau ayant appartenu à Izumi Kyoka, un des écrivains de son pays qu'il préférait et qui avait eu la chance de mourir en 1939. En passant un soir devant la librairie, Marc avait vu que le libraire garait sa voiture à l'intérieur du magasin, entre les rayonnages de livres. Ce serait sans doute la première et la dernière fois qu'il verrait une auto dans une librairie.

Il était retourné plusieurs fois chez ce libraire qui lui montrait des trésors. Depuis son adolescence, Marc ne pouvait pas vivre sans aller dans des librairies. De même que la psychanalyse avait rendu célèbre le cas de l'Homme aux loups, il aurait aimé qu'on se souvienne de lui comme de l'Homme aux livres. Il lui suffisait de regarder les dos des livres et de rêver sur les titres. Il cherchait à être vivifié par les phrases qu'il lisait. Il achetait des livres comme un hypocondre achète des médicaments. Chez lui, il ne savait plus où les mettre. Que ferait-il de tous ceux qu'il avait déjà achetés à Tokyo, à Kyoto et Kobe ? Il les enverrait par bateau à Paris. Parfois il se disait qu'il devrait se faire interdire l'entrée des librairies comme on se fait interdire celle des casinos.

Marc et le libraire de Kyoto avaient le même

vocabulaire anglais et ils se comprenaient très bien. Le libraire avait proposé à Marc de le faire héberger dans un temple dont son oncle était le principal abbé. Marc ne connaissait pas grand-chose à la hiérarchie des moines bouddhistes. Il avait accepté tout de suite et s'était retrouvé dans un pavillon en bois au milieu d'un immense jardin. Ce pavillon avait été construit trois siècles plus tôt pour un moine-poète qui avait besoin de solitude. Plus récemment, une riche Américaine dont le fils s'était converti au bouddhisme avait fait installer l'électricité et l'eau courante dans les divers bâtiments du temple. Il y avait le téléphone dans le pavillon prêté à Marc. Il n'aurait jamais osé imaginer qu'il serait un jour en train de téléphoner dans un temple zen.

Il avait appelé Wolfram qui avait quitté le Japon depuis longtemps et donnait des concerts en Italie. L'un venait de se réveiller et l'autre allait dormir. Wolfram avait décrit la façade d'une église baroque qu'il voyait de la fenêtre de son hôtel.

Marc dormait sur un futon posé sur un tatami et, en yukata, il faisait coulisser les shoji avant de mettre des geta pour aller dans le jardin !

Y avait-il conditions plus idéales pour commencer à écrire un livre ? Il brûlerait de l'encens, choisirait le meilleur stylo et une encre supérieure, se laverait les mains, préparerait quelques feuilles de papier mat, le tout avec la gravité de celui qui s'apprête à recevoir un hôte important... Il se souviendrait des paroles des Anciens : « Quand on se sert de l'encre, il ne faut pas se laisser asservir par elle. »

Une fois de plus dans sa vie, Marc se permettait d'être heureux. Personne ne savait encore où il était. Ses bagages étaient restés à l'hôtel. Il n'avait pris avec lui que la pierre qu'il avait achetée au marché aux puces du temple de Kitano. C'était une pierre noire assez lourde et un long sillon blanchâtre qui la parcourait de haut en bas faisait penser à une cascade parmi les rochers. Il l'avait montrée au moine qui occupait le pavillon le plus proche du sien. Le moine s'était incliné devant la pierre. Il avait dû penser que ce brave étranger s'était laissé avoir en achetant un vulgaire caillou. Mais Marc aimait sa pierre. S'il rentrait jamais en France, il l'offrirait à Marie. Quand ils rentrent de voyage, les gens ne vous rapportent jamais les cadeaux que vous espériez.

Le soir, Marc sortait dans le quartier de Gion. Il regardait les dancings dans lesquels il n'osait pas aller. Il voyait des couples s'embrasser le long de la rivière Kamo. Il les voyait entrer dans les love-hotels. Toute son excitation corporelle passait dans ses promenades. Il avait rencontré une danseuse canadienne qui visitait, seule comme lui, le temple de Sanjusangendo. Comme elle prenait l'avion le soir même à Osaka, ils

148

n'avaient fait que s'embrasser dans les rues et on s'était retourné sur eux.

Quand il se releva, une nuit, pour enterrer son carnet d'adresses et sa montre dans le jardin, il se demanda s'il n'était pas un peu atteint. Il fut tout content d'aller s'acheter une montre neuve le lendemain. Quant aux adresses, il connaissait par cœur celles dont il aurait besoin.

La seule fois où il s'était risqué à pénétrer dans une boîte de nuit, on lui avait aussitôt signalé qu'il était indésirable. Il n'y avait que de jeunes Japonais dans la boîte et un serveur en smoking l'avait poussé vers la sortie en lui disant : « Members only. » Marc avait été furieux pendant au moins une heure.

Il rentrait à son temple en taxi. Il s'amusait de l'air étonné des chauffeurs qui, ayant pris un étranger dans le quartier des boîtes et des putes, le déposaient devant un temple, et le voyaient faire coulisser une petite porte en bois et disparaître.

L'air était de plus en plus saturé d'humidité. Parfois, l'atmosphère était anormalement nette. Marc partait seul dans la montagne. Un jour, surpris par un orage, il prit une chambre dans une auberge au pied du mont Kurama. L'auberge était entourée de cèdres et les grappes mauves d'une glycine filtraient le jour devant la fenêtre de sa chambre, où on lui servait du poisson qui venait d'être pêché dans une rivière qu'il entendait couler au loin, et aussi des aubergines grillées, des racines de lotus, de fines nouilles froides. Il s'était senti aussi bien dans cette auberge que dans son temple, soulagé de voir que son sentiment de bien-être était moins mystique qu'il ne le craignait. Il avait écrit une longue lettre à chacune de ses filles. A la poste de Kyoto, il irait choisir de jolis timbres.

Il aurait voulu signer ses lettres avec un sceau. « Le meilleur sceau, lui avait dit le libraire devenu son informateur, est celui qu'on grave soi-même. C'est un passe-temps de lettré. Ou, mieux encore, celui qu'on reçoit d'un ami lettré qui l'a gravé pour vous. » Marc devrait trouver un nom adéquat. La transcription en *kana* de son nom serait inesthétique. Il aurait voulu trouver un ou deux caractères chinois qui puissent symboliser le plaisir qu'il avait à être au Japon.

Chapitre 14

UN TREMPLIN VERS LA CHINE

Je n'ai plus qu'à rédiger deux ou trois chapitres pour finir, dans lesquels je jetterai le masque. Marc, animal métaphysique comme nous tous, sera en proie à des souvenirs qui le poussent en avant et à un présent qui le trouble en ne lui assurant ni futur ni survie. Ô charmes oubliés du baccalauréat ! Dégagez l'intérêt philosophique de ce texte ! Peut-on faire fi du passé ? Pourrions-nous vivre sans l'oubli ? Le bonheur est-il un complet repos ? Quand faut-il penser à soi ? Quand faut-il penser aux autres ?

Et le voyage, thème philosophique par excellence, hélas désamorcé par le tourisme, nous rappelle que l'homme fut nomade avant d'être sédentaire, il n'y a pas si longtemps... Le voyage que la psychanalyse n'a pas tort de relier à l'érotisme, même si personne ne sait ce qu'on entend par là...

J'ai voyagé, Marc voyage : que faisons-nous de nos voyages, *après* ? Voyager, c'est refuser d'être là où tout le monde voudrait que nous restions, même si nous finissons par rentrer comme les enfants qui, dès qu'on leur permet de sortir, s'entendent demander : « A quelle heure tu rentres ? »

On m'a conduit chez un homme qui, né dans le Kansaï, ne l'a jamais quitté. Le gouvernement japonais lui a conféré le titre de « trésor national vivant ». Il a quatre-vingts ans. C'est un graveur de sceaux.

Toute sa vie, cet homme n'a fait que graver des sceaux et il m'en a gravé un. Son fils nous servait d'interprète. Après m'avoir fait écrire mon nom de famille : Wein, il m'a proposé de graver le caractère chinois *Wei*, qui se prononce *Gi* en japonais. « Wei est une dynastie chinoise, me fit-il dire par son fils, une dynastie un peu sauvage mais qui a suscité les plus belles sculptures rupestres bouddhiques. Bien sûr, cela vous éloigne du Japon. Le Japon sera peut-être pour vous un tremplin vers la Chine ? Nous devons tant à la Chine ! » Je ne me suis servi qu'une fois de ce sceau pour signer ma lettre de remerciement à son auteur, le maître Kawana. La prochaine fois que je l'utiliserai, ce sera pour l'apposer à la dernière page de mon manuscrit.

Je voudrais que Marc rencontre le potier que j'ai connu dans un village près de Nara. Il m'a offert un bol fait avec les morceaux de deux bols ayant appartenu à deux amis. Il m'a demandé de ne jamais regarder ce bol à la lumière électrique. Les morceaux tiennent ensemble grâce à des filets d'argent fondu. Le potier a laissé un trou, petit comme un chas d'aiguille, pour que ce bol ne soit pas parfait. Ce n'est pas à moi qu'il donnait le bol, me dit-il, mais à l'écrivain qui pourrait l'immortaliser en le décrivant. A l'intérieur, un fragment de poterie brille comme une aile de papillon. Quand je retournerai au Japon, je rendrai le bol au potier. Je lui dirai que je n'ai pas su le décrire.

Ce qui m'enrage, c'est que je n'ai pas trouvé le moyen de parler du théâtre de marionnettes. J'ai jeté dix pages vraiment trop didactiques. J'avais pourtant les larmes aux yeux dans le théâtre d'Osaka. J'écrirai une autre fois sur les marionnettes du *bunraku* !

En terminant ce livre, je retrouve les mêmes sensations qu'à l'aéroport de Tokyo au moment où j'allais m'asseoir dans l'avion de retour : je n'avais pas fait ce qu'il fallait, je n'avais pas vu ce que je voulais, je ne rapportais pas ce que j'aurais dû, et ainsi de suite...

A l'aéroport de Narita, j'ai lu le mot « *Transpacific* » et j'ai eu envie de rentrer par les Etats-Unis. Je n'aime pas les vols directs.

Quand l'avion qui allait me ramener à Paris a décollé, j'ai essayé de voir par le hublot si le Japon ressemblait à une libellule, comme le dit un vieux poème. Il faisait trop noir. Je voulais rêver aux sapins blancs, aux pins argentés, aux pins rouges, aux bambous nains et aux cerisiers de montagne, aux corbeaux qui croassaient entre les gratte-ciel de Shinjuku, mais l'hôtesse me proposa un menu.

Adieu, corbeaux de Tokyo ! D'ailleurs, ce sont peut-être des corneilles.

Adieu à la délicieuse vieille dame qui, dans son minuscule sex-shop de Kabuki-cho, voulut me vendre un masque en caoutchouc représentant une tête de tigre. A tout hasard, elle me disait : « Condom ! Condom ! »

J'aurais dû acheter ce masque. Je vais le faire acheter par Marc. Après avoir visité un temple bouddhiste, il ira dans un sex-shop. J'ai bien vu un love-hôtel construit dans le périmètre sacré d'un temple. Le bouddhisme, tant qu'on ne pratique pas, est décidément une religion saugrenue. Pour me documenter, j'ai souvent recours à un dictionnaire du bouddhisme où toutes les notices m'enchantent. Un maître zen du IXe siècle a déclaré : « Les mots *saint* et *profane* sont des mots creux. Nos saints sont de vieux cons puants. Les Boddhisattvas sont des trimballeurs de fumier. Les notions d'Eveil et de Paradis sont des piquets pour attacher les ânes. Bouddha est un vieux bout de bois, une merde. »

Je mettrai cela dans mon roman, et aussi que les Japonais ont forgé, à partir du mot dieu, *deus*, « importé » par les missionnaires portugais, le mot *daiuso*, qui veut dire « vaste blague, grosse bêtise ».

Il faut que Marc rencontre un moine zen qui lui dise ces phrases-là. Qu'il ne perde pas son temps à regarder des cerisiers en fleurs ou des iris ! Qu'il soit secoué !

Chapitre 15

POTAMOCHÈRE ET ORNITHORYNQUE

Au début de son séjour à Tokyo, Marc avait vu les cerisiers en fleur. Depuis, il avait vu fleurir les azalées et les pivoines. Il avait admiré des iris peints sur des paravents et il les vit en fleurs au mois de juin. Les nuages lui avaient caché le mont Fuji chaque fois qu'il avait pris le train entre Tokyo et Kyoto. Il avait quitté les grandes villes. Il était allé à Niigata, à Tsuruga, à Obama. Il montait dans des autobus sans s'inquiéter de savoir où ils le conduiraient. Quand le bus s'arrêtait dans une ville qui lui plaisait, il descendait. Il avait séjourné dans de petites villes dont il n'avait pas cherché à savoir le nom. Il divisait le Japon en deux : une façade brillante qui donnait sur l'océan Pacifique, et une cour intérieure plus dépouillée qui donnait sur la mer du Japon. Le côté Picasso et le côté Braque, disait-il. Les touristes au Japon étaient priés de s'extasier sur Tokyo, ville sainte de la modernité à côté de laquelle — et c'était vrai — New York n'est

157

qu'une bourgade. Ensuite l'étranger était prié de se rendre à Kyoto par l'ex-train le plus rapide du monde. A Kyoto, on compte plus de temples au mètre carré que d'églises en Italie. Quelques temples soigneusement sélectionnés prouvaient aux honorables visiteurs qu'il n'y a pas de fumée sans feu et pas de réussite technologique sans un supplément d'âme. La troisième et dernière étape était Osaka, où on vous démontre ce que commercer veut dire. Après quoi l'étranger reprend l'avion à Osaka avec correspondance à Tokyo, ou reprend le train pour doubler ses chances d'entrevoir le mont Fuji, qui est un dieu. En tout cas, l'étranger doit regagner ses pénates. « Bye bye », comme on dit en japglish. Tout étranger poli restera environ quinze jours au Japon. Marc était resté plus longtemps et c'était louche. Il avait passé plus d'un mois loin de Tokyo, de Kyoto et d'Osaka. Quand il réapparut à Tokyo, on lui dit : « Ah ! Vous étiez rentré en France et vous êtes revenu ? — Non, j'étais à Kisakata et à Obama. — A Obama ? Que peut-on bien faire à Obama ? »

Il était descendu du train à dix heures du soir. La gare d'Obama était déserte. Le vent avait renversé des dizaines de vélos. Dans les trois rues qui partaient de la gare, il n'y avait pas une fenêtre allumée. Marc avait été le seul à descendre du train. Pensant que le bord de mer se trouverait au bout de la rue la plus en ligne droite, il avait marché dans le noir en évitant des bouts de planches et des couvercles de poubelles que le vent lui envoyait dans les jambes. Quelques réverbères éclairaient la digue. De l'autre côté, c'était la Corée du Nord et Vladivostock. Il était devant la mer du Japon.

Quand les empereurs du Japon résidaient à Kyoto, on pêchait leurs poissons à Obama. Des coureurs se relayaient de colline en colline pour livrer les poissons au cuisinier impérial. Un empereur qui appréciait beaucoup son cuisinier mort trop tôt en avait fait la divinité tutélaire de la cuisine impériale et lui avait construit un temple.

Marc s'attendait à trouver plein d'hôtels mais il marcha encore longtemps avant d'en apercevoir un. Par gestes, il fit comprendre qu'il souhaitait une chambre. Le concierge alla chercher un adolescent qui parlait deux mots d'anglais : « *No room.* » Onze heures du soir, et no room dans ce bled! « Bon Dieu, j'aime le Japon! J'ai vu quatorze films de Mizoguchi! Votre Nagaï Kafu est un des plus grands écrivains du XXᵉ siècle! J'ai offert à ma femme un manteau de Tokio Kumagaï! Je mange des tentacules de poulpe, des racines de lotus, des prunes vinaigrées! Des branchies de daurade! *Des intestins de trepang!* Alors, s'il vous plaît, ne me faites pas passer la nuit dehors! Je dormirai par terre s'il le faut, c'est meilleur pour le dos. *Mofu o kudasai!* »

L'étudiant avait continué de sourire et de hocher la tête comme s'il disait oui, mais c'était non. No room. Pas question de revenir là-dessus. A-t-on déjà vu un travailleur intellectuel français débarquer à Obama sans avoir fait réserver une chambre par la *Japan National Tourist Organization* ?

Les travailleurs intellectuels français donnent des conférences à la Maison Franco-Japonaise de Tokyo. Ils sont accueillis à l'aéroport de Narita par un membre de l'ambassade de France qui leur a réservé une suite dans un confortable hôtel et qui leur a fait imprimer des cartes de visite bilingues. On avait souvent dit à Marc : « Vous êtes venu donner des conférences ? Qui vous a invité ? L'université Sophia ? L'*Asahi Shimbun* ? » Il n'avait donné qu'une conférence dans sa vie, à Lille. Un vrai désastre. Cette conférence devait être agrémentée de la projection d'un court-métrage. L'appareil de projection était tombé en panne. L'organisateur avait demandé à la salle : « Quelqu'un a-t-il un tournevis ? » Trois hommes s'étaient levés. Sur les cent quinze auditeurs présents, trois étaient venus avec un tournevis !

Prenant pitié de lui, le concierge de l'hôtel d'Obama avait invité Marc à monter dans une voiture et l'avait conduit dans une petite auberge où les attendait une vieille dame prévenue par téléphone. Elle ressemblait à une apparition

dans une pièce de théâtre nô, une de ces men-
diantes qui se changent en déesse de la pluie ou
de l'orage. Le lendemain, réveillé par le vent,
Marc avait découvert Obama et la baie de
Wakasa.

C'est à Obama qu'il avait eu le sentiment de
commencer à comprendre le Japon. Il avait
compris que le Japon était simple à comprendre,
et que cette simplicité se méritait.

Presque tous les Occidentaux qui répandent
l'idée contraire, et se targuent d'être des spécialistes du Japon, veulent garder pour eux le
monopole de la compréhension de ce pays. Sous
prétexte qu'ils sont là depuis dix ans et qu'ils
parlent japonais, ils créent un Japon impénétra-
ble dont il serait obligatoire de leur demander la
clé à genoux.

A Tokyo, Marc avait eu beaucoup de mal à
éviter ces spécialistes qui auraient voulu le neu-
traliser. Il avait préféré traîner dans les rues et
aller au théâtre au lieu d'assister à leurs collo-
ques et à leurs dîners informels. Oh ! Comme son
cœur battait quand il était entré pour la première
fois de sa vie dans une salle de théâtre nô ! Avec
quelle émotion il avait cherché sa place !

Jadis, près de Kyoto, un vieux sage avait réuni
les moines des environs pour leur expliquer des
textes difficiles et leur avait donné des conférences trois fois par jour pendant deux mois. Le
dernier jour, il avait demandé à un des moines :

161

« Comment pourriez-vous résumer ce que je vous ai dit ? — J'ai compris qu'il faut que je me sépare de la petite cruche dans laquelle je conserve mes radis. » Le sage avait pleuré si fort qu'il avait trempé les manches de son vêtement avant de quitter la salle en déclarant : « Je n'ai jamais entendu un commentaire aussi magnifique de mes discours ! » Marc rêvait de comprendre le Japon avec la simplicité du moine qui comprenait les sermons du vieux sage.

La baie de Wakasa valait celle de Naples. Elle n'était pas encore abîmée par des autoroutes et des complexes balnéaires. La mer semblait blanche avec des miroitements turquoise. Dans l'eau, les rochers étaient bleus. Marc aurait voulu louer une maison à Obama. Il en avait repéré trois ou quatre qui lui auraient parfaitement convenu, surtout une petite tout en bois, surmontée d'un toit de tuiles vert jade. C'était un de ses rêves : avoir une maison secrète. Personne ne saurait ce qu'il y ferait. Tout y dépendrait de son seul goût à lui. La petite maison en bois était voisine de celle d'un brocanteur chez qui il avait acheté une peinture sur soie représentant deux personnages, l'un s'amusant avec un crapaud, l'autre tenant une gourde d'où s'échappait un être immortel. Dans ces deux nouveaux compagnons, Marc voyait de bons génies survenus en temps utile pour favoriser la suite de son voyage. Partout où il dormirait, il déroulerait sa peinture et l'accrocherait à un mur d'où les deux génies pourraient veiller sur lui.

Les loyers ne devaient pas être chers à Obama. Les Japonais ne se soucient pas beaucoup de leurs bords de mer. C'est l'Occident qui leur a appris qu'on pouvait prendre plaisir à se baigner. A la fin du XIXe siècle, un médecin japonais a écrit une « Introduction aux techniques de la baignade dans l'océan ».

Marc avait vu beaucoup de musées. Dans tous les musées du monde, il se sentait chez lui. Quand il était petit, il avait installé un musée dans sa chambre. Il avait exposé un coquillage fossile, un edelweiss, un nid d'oiseau avec plusieurs petites plumes, la douille d'une cartouche ayant été tirée pendant la guerre, la tête en porcelaine d'une statue cassée de sainte Thérèse et des bagues de sa mère. Mais sa Joconde, sa Victoire de Samothrace, c'était une défense de sanglier, un sanglier africain qui portait un des plus beaux noms qui soient : un potamochère. Les deux plus beaux noms de la langue française étaient *potamochère* et *ornithorynque*. Etant enfant, Marc ne se lassait pas de les répéter. L'ornithorynque était un petit mammifère amphibie qui ressemblait à un oiseau. Marc aurait tout donné pour avoir un ornithorynque, mais ils vivaient en Australie. La défense de potamochère lui avait été offerte par celui de ses oncles qui possédait un casque colonial, autre pièce qui n'aurait pas déparé le musée.

Devenu conservateur de musée, Marc avait rédigé un catalogue. Sous la mention « Défense de potamochère », il avait mis : « Don de l'explorateur Livingstone. » Il avait fabriqué des billets d'entrée qu'il était allé vendre au cordonnier, au boucher et à d'autres commerçants du quartier que sa mère l'avait ensuite contraint d'aller rembourser.

Quand on a été conservateur de musée, on voit mieux les qualités et les défauts des musées des autres. Dans l'ensemble, les musées japonais avaient beaucoup plu à Marc, et ils auraient beaucoup plu au petit garçon qui avait écrit sur la porte de sa chambre : *Bureau du Conservateur.* Marc aimait aussi, au moment où il sortait des musées, retrouver l'agitation et l'éphémère. Après sa première visite au Musée National de Kyoto, il avait échangé quelques regards avec un héron qui surveillait les petits poissons de la rivière Kamo.

Chapitre 16

MODESTE CASCADE

A la gare de Fukui, Marc était monté dans la micheline qui assurait la liaison avec le monastère voisin du Eiheiji, un monastère qu'il avait l'impression de très bien connaître à force d'avoir écouté un disque de prières et de chants enregistrés là par une équipe de musicologues américains. Il avait acheté ce disque au début des années soixante et en avait, depuis, souvent infligé l'écoute à son entourage.

Il avait découvert une soixantaine de temples regroupés dans la montagne. Le Eiheiji est le plus grand centre zen du Japon. Après l'heure limite des visites, Marc s'était faufilé dans des salles interdites aux visiteurs. Après tout, il s'était suffisamment passionné pour les patriarches du zen et il venait d'assez loin pour qu'on ne lui applique pas le régime du pèlerin ordinaire. Le soir, il avait trouvé à se loger au-dessus d'un magasin de souvenirs pieux. Le lendemain, il était retourné au temple.

Les sons directs du monastère étaient beaucoup plus vivants que ceux du disque. Marc avait tout de suite reconnu le son de la grande cloche, mais il ne l'avait jamais entendu accompagné des raclements des bonbonnes de gaz qu'on déchargeait d'un camion et qu'on faisait rouler vers la cuisine. Des bonbonnes de gaz! O mânes de Maître Dogen! Marc avait aussi découvert qu'il y avait un ascenseur dans le monastère. O Maître Shoyo Daishi! Toi, le fondateur du Eiheiji en 1244! Un ascenseur dans ton monastère! Notre monde est un monde flottant. *Butsu kojo no homon.*

A droite de l'entrée principale du temple, un chemin bordé de cèdres aux troncs énormes partait dans la montagne, le long d'un torrent. Marc avait écouté les grenouilles. Les coassements de grenouilles étaient devenus un de ses sons préférés. Ces grenouilles n'avaient rien à voir avec celles qui vivent en Europe. Les grenouilles du mont Eiheiji étaient-elles les réincarnations de musiciens ayant trop fait la fête avec des geishas?

Il faisait soleil. Le chemin de terre s'enfonçait sous les arbres. Marc se baissa pour observer des fleurs qui ressemblaient à des campanules. Il crut reconnaître des églantiers à feuilles rouges. Il revint sur ses pas, ayant aperçu une petite cascade. L'eau tombait sur une statuette peut-être placée là depuis des siècles. Qui se serait intéressé à cette minuscule cascade dans un pays où les cascades sont innombrables ? Certaines de ces cascades sont même des divinités. Une cascade célèbre s'appelle la Cascade des Suicidés. Marc décida de tenir compagnie à sa modeste cascade, qui était peut-être aussi une divinité. Il perdit la notion du temps. Il pensa à ce moine copte à qui on avait demandé de dire quelques mots pour édifier un visiteur de son couvent. « Si mon silence ne l'édifie pas, avait-il dit, comment serait-il édifié par mes paroles ? » Le maître bouddhiste Kobo Daishi avait écrit : « A quoi bon vivre en écrivant ? Mourir en lisant ? Inconnu, le Soi reste inconnaissable. » C'était gai.

Marc se sentit libéré de toute forme stable de l'existence. Depuis combien de temps coulait cette cascade ? La même cascade et jamais la même eau... A moins que ce ne soit une cascade artificielle ? Marc aurait accepté d'avoir pris une cascade artificielle pour une vraie cascade. Qu'enseigne le bouddhisme ? Que le vrai caractère des choses est d'être sans caractère.

Si j'arrive à bien regarder cette cascade, se dit-il, je n'aurai plus besoin de regarder rien d'autre. Sans doute suis-je venu au Japon pour regarder cette cascade. Je viens de toucher au but de mon voyage. Je vais devenir cette cascade et la cascade deviendra moi. Quand j'étais en colère, je faisais l'éloge de la colère. Sans colère, comment progresser ? Mais je ne connaîtrai plus la colère.

Je dis adieu aux arrière-pensées, aux remords, aux excuses, aux prétextes, aux échappatoires, aux simagrées, aux comédies, à la détresse et au persiflage. Dire que j'ai émis des théories sur les délais qui donnent lieu à une excitation stimulante! J'aimais qu'une page demande à la fois cinq minutes et cinq ans pour être écrite! Je croyais que le temps des philosophes n'était pas le temps des physiciens. Tous les temps sont des rivières qu'alimente cette cascade. Elle a dissous le temps dans lequel je m'agitais. Je suis heureux. Cascade! Tu es là où il n'y a plus de différence entre une ville pleine de bruits insupportables et le calme d'une montagne dont le nom n'est connu que de celui qui médite à son sommet. L'espace est cascade.

Je viens de pénétrer dans un temps en cascade. Je n'écrirai plus. Je me suis enfin débarrassé du souci d'avoir à commencer et à finir quelque chose. Je ne demanderai plus au désir de me conduire à la jouissance. Ni jouissance ni désir. Ces mots ont perdu leur sens. Ils restent dans le temps dont je m'évade. Je suis un filet d'eau. La terre me boira. Me boira! *Me!* Précaire et provisoire juxtaposition de cellules! Je sors du temps. Tous mes livres sont déjà écrits. Ma machine à écrire saura les recopier sans moi. Je les vois. On dirait des soucoupes volantes. Mes livres dansent. En ne bougeant pas d'ici, je parcours la terre entière. En n'écrivant plus un seul livre, je deviens l'auteur de tous les livres. Les romans du siècle prochain sont écrits depuis longtemps. J'ai même écrit ceux du siècle d'après. J'arrête d'écrire. J'éplucherai des pommes de terre dans le temple fondé par Shoyo Daishi. Je viendrai les laver à cette cascade. Chaque épluchure de pomme de terre sera une de mes œuvres. O bonheur ! bonheur !

— Quoi ? Qu'est-ce que j'entends ?

Chapitre 17

KI KI MIO MIO

Me voilà bien ! Mon personnage me fait faux
bond ! Je lui lâche la bride et lui me lâche tout
court ! Monsieur veut faire son intéressant ! Monsieur s'intéresse à des chutes d'eau ! A des topi-
nambours ! Monsieur Strauss ne veut plus écrire !
Trop peu pour lui ! Monsieur Marc Strauss préfère la corvée de pluches chez les bons apôtres du
zen ! Qu'est-ce qu'il s'imagine ? Que la protubé-
rance crânienne du Bouddha va lui apparaître
sur le sinciput, déguisée en pomme de terre ? On
voit qu'il connaît mal ses nouveaux amis. Quand
on frappera trois fois le tambour de la Loi, il
s'agira qu'il se mette en rang comme tout le
monde. Ah, il croyait que ses patates lui feraient
connaître l'extase ? Patate lui-même !

Un roman qui était si bien parti ! J'ai voulu
laisser mon personnage libre. Quand vous êtes
romancier, vos personnages vous guident. Ils
vous habitent. Ils vous hantent. Ils vous poursui-
vent ! Ils vous *obsèdent* ! Ils vous MORDENT !

Comme dit un confrère, une des vertus cardinales du romancier est une belle et intrépide inconscience. Intrépide, je ne sais pas, mais inconscient ! Et voilà un roman de foutu ! Pour avoir voulu bien faire ! J'aurais dû me méfier. Pauvre Eric ! Tu vois où conduit la gentillesse !

Déjà, quand il a voulu enterrer sa montre et son carnet d'adresses... Est-ce que ce sont des choses qui se font ? Nous n'étions pas dans un grand roman russe... Je n'aurais pas dû le laisser faire. Une si belle montre ! Une Breitling !

J'aurais dû être sur mes gardes dès le début. Ce type qui court dans la rue après Emmanuel Kant ! Si encore il avait couru après... je ne sais pas... après... Hélène de Troie, par exemple ! Néfertiti ! Gene Tierney !... Je me souviens très bien que je lui ai laissé le choix. C'est en toute connaissance de cause qu'il a voulu courir après Emmanuel Kant. J'ai laissé faire et voilà où nous en sommes. C'est triste.

C'est surtout triste pour lui. Je lui avais préparé plein de surprises. Ça m'apprendra à me décarcasser pour les autres. Moi qui ai horreur de l'avion, j'ai pris l'avion ! Moi qui ai fait la conquête, à l'aéroport d'Anchorage, de la jeune femme des téléphones et qui suis bêtement remonté dans l'avion ! Elle s'appelle Karen Lerner ! Elle m'a demandé ce que je faisais et je lui ai répondu : « Je suis écrivain. » Eh bien, elle au moins, elle avait trouvé que c'était très intéressant, d'être écrivain. Et j'ai dû laisser tomber. « Monsieur Eric Wein est attendu sur le vol Air France, décollage imminent, dernier appel. » Et Karen qui me souriait !

— Tu ne peux pas me mettre ça sur le dos. Je n'existais pas encore.

— Mon cher Marc, les personnages de roman existent bien avant qu'on ne commence à écrire. C'est la période d'*incubation*. Le romancier est *taraudé* par son personnage. Des années de perdues ! Il y a peut-être une solution, mais elle est extrême.

— Dis toujours.

— Tu pourrais mourir. Tu as entendu parler du *fugu* ?

— Du quoi ?

— Le fugu est un poisson qu'on mange cru au Japon. Il y a un poison mortel dans son foie et seuls des cuisiniers diplômés sont autorisés à le découper. Malgré tout, chaque année, quelques Japonais meurent pour avoir mangé du fugu. Récemment, un acteur de kabuki...

— Tu ne peux pas faire ça. Tu laisserais deux orphelines dans ton roman.

— Nous avons été très discrets sur elles. Je n'aurai qu'à enlever les quelques lignes qui les concernent et le tour est joué. Marc Strauss meurt dans la nuit après avoir mangé du fugu. Ou bien tu te suicides. Très japonais, ça aussi. Tu es peut-être un peu vieux. Ce sont surtout les

173

jeunes qui se suicident là-bas. Une petite fille de neuf ans saute du toit d'un grand magasin parce que sa mère lui avait interdit d'acheter du papier à lettres. Un garçon de quatorze ans, à qui son père venait d'interdire de regarder un vidéo-disque, s'enferme dans sa chambre et se jette par la fenêtre. Le suicide d'un écrivain devenu gâteux en regardant une cascade, je ne sais pas si...

— J'ai une autre idée. Tu viens avec moi dans le monastère du mont Eiheiji et tu nous rédiges de beaux chapitres comme tu sais les faire quand tu veux bien t'appliquer... Du lyrisme... Tu devrais tâter du lyrisme... Tu donnerais alors au monde un livre écrit selon la plus profonde nécessité intérieure. Tu aurais tout ton temps puisque le temps n'existe plus. Tu travaillerais dans une atmosphère auspicieuse, mon cher Eric. Tu soignerais de longues phrases cadencées.

— J'aime l'inquiétude et l'anacoluthe. L'anacoluthe est à la littérature ce que la vitesse de la lumière est à la physique. Tes épluchures et ta cascade t'auraient-elles fait oublier les figures de style ? L'anacoluthe, te rappellerait le diction-naire, est une tournure dans laquelle, commen-çant par une construction, on finit par une autre. C'est l'inattendu, la rapidité, l'étonnement.

— Eh bien, qu'est-ce que tu me reproches ? Ne suis-je pas une anacoluthe ambulante ?

— Mais tu ne veux plus écrire ! J'envie les écrivains âgés qui n'hésitent plus et larguent carrément leurs œuvres comme les avions larguent des bombes. Parfois, j'ai hâte d'être vieux. J'écrirai jusqu'à ma mort.

— Et tu diras « Plus de lumière » ?

— Reviens dans mon livre ! Tu ne sais pas ce que tu perds ! Je voulais te faire rencontrer Akiko, la belle vendeuse d'Osaka, qui me disait, quand je la faisais rire : *ki ki mio mio*, « c'est très très drôle ». Je lui disais : « Chère Akiko... » Elle m'expliquait qu'on ne dit jamais « chère » en japonais. « Mais alors, que dit-on ? — Rien, ça doit se déduire du contexte. » Elle me disait de longues phrases en japonais. Je lui demandais de traduire et elle répondait : « Imagine... » Elle m'offrit un dictionnaire. Une douleur lancinante se disait : *zuki zuki*. Douleur aiguë dans l'oreille : *kiri kiri*. Gargouiller : *gobo gobo*. Une dent qui bouge fait *gura gura*. Vomir : *muka muka*. La pluie qui tombe fait *shito shito* ou *picha picha* ou *za za*. Je choisissais des séries d'onomatopées, j'appelais Akiko au magasin et je les lui disais au téléphone. Son rire est-il le son que j'ai préféré entendre au Japon ?

— J'admets que c'est plus exotique que le son du cor au fond des bois.

— En tout cas, ça vaut mieux que la musique répétitive de tes grenouilles bouddhistes ou le clapotis de ta cascade. Akiko me fit écouter une chanson japonaise dont le titre est *Téléfonade*. Akiko t'aurait donné plein d'idées. Enfin, soit...

175

J'aurais pu aussi te faire parler de l'hiver 1944 dans le Pacifique. Les officiers de marine américains disaient qu'ils allaient régler leur compte aux Nips : « On ouvrira le ventre de leur Empereur pour voir ce qu'il y a dedans, et puis nous rentrerons chez nous et chacun se mariera avec la plus jolie fille du coin. » Quand l'ennemi oblige les soldats japonais à reculer, ils n'emportent pas leurs blessés avec eux, ils les achèvent. Un capitaine australien raconte : « A Apamama, nous avons lancé quelques bombes. Les Japonais enlevaient leurs chaussures et se tiraient des coups de fusil dans la nuque en pressant sur la gâchette avec leurs doigts de pied. » Tu aurais écrit qu'aux Philippines, les Japonais décapitaient ceux qui ne s'inclinaient pas assez bas devant les sentinelles en armes qui représentaient l'Empereur. D'autres Philippins furent décapités parce qu'ils se trompaient dans les formules de politesse en s'adressant aux officiers japonais. Des maquisards philippins ont attiré un Japonais chez eux et l'ont enterré vivant dans leur jardin. Ne parlons pas de ce que l'armée japonaise a fait en Chine !

— Mais on trouve tous ces renseignements dans les livres d'histoire !

— On les trouvera de moins en moins ! Tu n'as qu'à voir la façon dont le monde entier s'agenouille devant les banques japonaises. Je t'aurais fait parler aussi de l'éditorial du *Times* de Lon-

dres qui approuva les Japonais quand ils atta-
quèrent les Russes en 1905 sans leur déclarer la
guerre, et comparer avec la réaction de ces
mêmes Occidentaux quand les Japonais ne décla-
rèrent pas la guerre aux Etats-Unis au moment
de Pearl Harbor. Et l'annexion de la Corée par les
Japonais au début du siècle ! Ils imposèrent leur
langue dans les écoles et les tribunaux. Les livres
d'histoire coréenne furent interdits. On tortura
des Coréens. Le riz partait pour le Japon. Les
Coréens n'avaient qu'à manger du millet. Au
Japon même, dans les années trente, quand des
fanatiques d'extrême droite s'attaquaient à des
gens de gauche, la police japonaise leur disait :
« Même si vous tuez ces traîtres, on arrangera ça,
on écrira qu'ils sont morts d'un arrêt cardiaque. »

— Un diplomate anglais m'a dit que les S.S.
s'étaient conduits comme des enfants de chœur
par rapport à certaines troupes d'occupation
japonaises.

— Quand est-ce que tu as vu un diplomate
anglais ?

— Un soir où tu étais sorti avec Akiko. Je n'ai
pas l'habitude de me tourner les pouces. Sais-tu
que les nazis appelèrent les Japonais des « aryens
d'honneur » ? Et qu'au début de l'occupation
américaine, le général MacArthur fit interdire un
livre de classe à l'usage des écoles primaires
japonaises, dans lequel était posée cette ques-

tion : « Si une mitraillette suffit pour tuer dix Américains, combien faut-il de mitraillettes pour tuer cent Américains ? »

— Pourquoi ne veux-tu pas rester dans mon roman ? Je t'aurais fait parler de Hidarugami, le dieu que redoutent les voyageurs, le dieu de l'épuisement.

— Ce dieu-là ne m'intéresse pas.

— Et le novice qui demande à un maître du bouddhisme zen en quoi consiste le bouddhisme ? Le maître pousse un cri rauque et le novice s'incline. Le maître dit : « Voilà au moins quelqu'un qui est capable de soutenir une discussion. » C'est tout à fait pour toi, cette histoire-là.

— Tu vois, tu y viens à la profondeur. Tu finiras par comprendre que c'est moi qui ai raison.

— Je te ferais parler des animaux qui furent les messagers des dieux, ou qui furent des dieux eux-mêmes : le ver à soie, le daim, le sanglier, la puce, le pigeon, le corbeau. Des épouvantails protégeant les rizières furent des dieux. Les sandales que portait l'empereur Komei en visitant le temple d'Izukashi sont devenues des divinités et le temple est appelé le Temple des augustes sandales impériales. Tu aurais été le personnage idéal pour parler du maître de tir à l'arc qui ne donnait qu'une flèche à ses élèves. Un débutant, disait-il, ne doit jamais avoir deux flèches. Il viserait mal avec la première en comptant sur la deuxième pour se rattraper... « Pensez toujours que vous n'avez qu'une seule flèche. »

— Je vois qu'il faut que je t'aide à trouver la fin.

— Laquelle ?

— Eh bien, ton personnage reste en plan devant une cascade. Il a fait tout ce voyage et il est là, devant une cascade...

— Ce n'est pas une fin, ça !

— Ou alors, si tu veux finir en beauté, je te conseillerais de nous jouer un petit air de mélophone.

— De quoi ?

— De mélophone.

— De mélophone ?

— C'est un accordéon de clown. On ferait comme si ton roman était une valise de clown. Tu arriverais avec ta valise. Tu te prendrais les pieds dans un cerceau qu'une écuyère aurait laissé traîner. Tu tomberais. Ta valise s'ouvrirait toute seule. Il en sortirait un caniche et un ornithorynque.

— Un ornithorynque ?

— Mais oui ! Pour le plaisir d'écrire le mot *ornithorynque*. Après, tu chercherais ton mélophone. Tu demanderais au public : « Où est mon mélophone ? »

— Mais personne ne...

— Justement ! Tu aurais l'occasion d'expliquer ce qu'est un mélophone. Je te fais confiance pour trouver des jeux de mots avec mélodrame et téléphone. Quelqu'un t'aurait volé ton mélophone. Tu me suis ?

— Le voleur de mélophone, ce serait toi ?

— Tu as tout compris !

— Et après ?

— Tu retrouverais ton mélophone et tu en jouerais.

— Essayons tout de suite. Il faut que nous trouvions un mélophone... Mais... Attends !

— Attends quoi ?

— Et le Japon ? Je ne me suis pas donné tout ce mal pour finalement laisser tomber le Japon.

— Le Japon ? Le Japonponpon ? Tu n'auras qu'à y faire allusion dans un petit texte qu'on imprimera dans le programme du cirque.

— Bonne idée ! J'écrirai : « Mesdames, Messieurs, je vais vous parler de Bishamon, le dieu qui ne dort jamais. »

— Parfait. Tu vois que tu es plein de ressources. Tu devrais avoir davantage confiance en toi. Viens. Allons acheter ton mélophone.

— Attends ! J'ai une meilleure idée ! J'écrirais plutôt : « Mesdames, Messieurs, mes chers petits amis, ce numéro est dédié à l'ermite japonais Dokyo, qui mourut en éclatant de rire. »

TABLE

DU MÊME AUTEUR

Impression Bussière à Saint-Amand (Cher),
le 21 août 1991.
Dépôt légal : août 1991.
Numéro d'imprimeur : 1451.
ISBN 2-07-038405-5/Imprimé en France.